잠 못 이루는 밤을 위하여

Für schlaflose Nächte

Carl Hilty

잠 못 이루는 밤을 위하여

칼 힐티 지음 | 송영택 옮김

문예출판사

차례

서문 … 7

—

—

잠 못 이루는 밤은 견딜 수 없는 고통이다. 건강한 사람도 병든 사람도 이것을 두려워한다. 건강한 사람은 규칙적인 수면이 건강을 유지해준다는 것을 알고 있기 때문이며, 병든 사람은 심신을 안정시키고 또 굳건하게 해주는 수면이 어둡고 긴 밤을 중단시켜주지 않으면 고민과 괴로움이 갑절로 느껴지기 때문이다. 거기에다 여러 가지 근심 걱정이 더해지면, 흔히 있는 일이지만, 미래에 대한 공포가 무장한 병사처럼 쇠약하고 정신이 산란한 사람을 엄습한다. 이것은 막아내기 힘들고, 달아날 수도 없다.

그것이 일시적이든 지속적이든, 이때 택할 수 있는 길은 두 가지뿐이다. 즉 해결책을 찾아낼 수 있다면 유효적절한 수단을 쓰거나, 그렇지 않으면 가능한 한 불면을 이용하는 것이다. 이 둘은 어느 정도까지 결부시킬 수도 있다. 이와 반대로 어떠한 구제책도 강구하지 않고 비탄만 한다면 확실히 어리석은 짓이다. 무거운 고뇌를 덜기는커녕 오히려 가중시킬 뿐이다.

1

불면이 어디서 유래하는지 그 모든 경우를 일률적으로 말할 수는 없다. 불면은 대개 병, 근심, 불안한 생각에서 온다. 그러나 때로는 과도한 휴식, 너무 편안한 생활, 여러 종류의 과로 또는 낮잠[1] 등으로 생긴다. 요컨대 우리는 수면이 원래 무엇인가 하는 것을 모르고 있다. 이 문제에 대하여 우리는 사실 소용없는 탐구나 설명의 테두리를 벗어나지 못하고 있다. 우리가 경험으로 확실히 아는 것은 다음 사실뿐이다. 즉 건강을 유지하기 위해 적당한 수면을 취해야 한다는 것, 특히 신경계통 질환에 가장 좋고 놓칠 수 없는 치료 방법이라는 것, 거기에다 수면은 밤에, 그것도 초저녁부터 적어도 여섯 시간에서 여덟 시간[2] 동안 중단되지 않고 일관되게 취할 때 가장 효과적이라는 것, 그리고 수면제는 되도록 피해야 한다는 것 등이다.

불면은 언제나 일종의 고통이기 때문에 될 수 있으면 제거해야 한다. 그러나 불면이 압도적인 내적 환희에서 생겼을 경우(이때 불면

---

1 여든 살 넘은 노부인으로 오랜 세월 신의를 지켜온 벗이 이것에 대하여, "나는 젊었을 때의 평온한 잠을 이 나이가 되기까지 잃지 않았다"라고 말했다. 그녀는 잠이 오지 않으면 절대로 취침하지 않는다는 습관과 함께 "모세의 율법을 새긴 석판같이 절대로 깨뜨려서는 안 되는 도덕률로 영혼 깊이 새겨져, 마치 살아 있는 모티프처럼 나에게 작용하고 있었다"는 칸트 철학의 모든 원리에 힘입은 것이라 하였다. 사실 부인들에게 대부분의 불면은 너무 자주 드러눕는 데서도 발생한다. 그러나 과로도 불면을 초래한다. 여자들은 대체로 자기 힘에 비해 일을 너무 많이 하거나 너무 적게 하는데 그 결과는 같다.

2 물론 이것은 나이나 신체의 강약에 따라 다르다. 그렇지만 사람은 해로운 것에도 길들여질 수 있다. 너무 오랜 수면은 신체를 튼튼하게 하지 않는다. 신체의 모든 기관은 충분한 훈련이 결여되면 약해지고, 그 자체의 활동과 영양의 비정상적인 상태에(수면은 언제나 이러한 상태이지만) 길들여지기 때문이다.

은 인생 최대의 희열에 속한다), 또는 평상시에는 어쩐지 부족한 시간, 즉 조용하고 방해받지 않는 시간을 인간에게 주기 위하여 불면이 선사되었음이 확실한 경우에는 이와 다르다. 후자의 경우 불면은 내적 생활에 최대의 진보를 촉진하고 인생 최고의 보물을 얻게 하는 무시할 수 없는 기회이다. 헤아릴 수 없이 많은 사람들이 그 생애의 결정적인 견해나 결의를 실로 잠 못 이루는 밤에 찾아냈을 것이다.

불면의 문제를 이런 견지에서 고찰한다는 것은 결코 해로운 일이 아닐 것이다. 카히나이의 아들 랍비 카니나, 즉 이스라엘의 현자는 말한다. "밤에 잠자지 않고 혼자 나그넷길에 있으며 그 마음을 안일에 맡기는 자는 자기 영혼에 죄를 범하는 자이다." 그 사람은 정신적으로 커다란 이익을 얻을 수 있는 최선의 기회를 놓치고, 비속한 사념이 따르기 쉬운 위험에 몸을 내맡긴다는 뜻이다.

그러므로 잠 못 이루는 밤을 언제나 '하나님의 선물'로 여기는 것이 좋다. 그것은 잘 이용해야지 이유도 없이 공격해서는 안 된다. 바꿔 말하자면, 불면에 무언가 목적이 있지 않은지 자신에게 묻고, 그러한 시간에 보통 때보다 더 잘 들리는 조용한 목소리에 귀를 기울이고 갖가지 사념을 멀리하는 것이 어떻든 상책일 것이다. "어찌하여 잠 못 이루는 밤이 나에게 찾아왔는가"라는 질문이 커다란 축복이 될 수 있다. 이러한 축복에 대하여 이미 〈욥기〉는 아주 깊은 경험으로 명확히 말하고 있다.[3]

---

3 〈욥기〉 33장 15~30절. 약간 염세적이기는 하나 매우 아름다운 H. 로름의 시구가 이 같은 사상을 다음과 같이 표현하고 있다.

이때 또 주의할 것이 있다. 잠을 이루지 못할 때 사념에 침잠하여, 말하자면 자기라는 거룻배를 사념의 물결이 흐르는 대로 맡기는 것은 좋지 않다. 오히려 그 사념이 어디로 향해야 하는가 방향을 알려주어야 한다. 그러므로 우리는 먼저 자기 자신을 상대로 이야기해서는 안 된다. 그것은 대체로 불안을 가중시킬 뿐이다. 가능하다면 하나님과 이야기하는 것이 좋다. 하나님의 영역에서는 언제나 확실한 평안을 얻을 수 있기 때문이다. 만약 사랑하는 사람들이 있다면 그들과 이야기하는 것이 좋다. 그중에서도 성실한 아내와 이야기하는 것이 좋다. 아내의 말과 손길은 때때로 깊은 위안을 준다.

그러한 도움이 없을 때 효과적인 것은 양서이다. 아니, 양서의 짧은 한 구절만이라도 좋다. 그것은 사고를 자극하고, 괴로운 생각으로부터 정신을 돌려주고, 또 정신을 바른 위안의 샘으로 향하게 해주기 때문이다. 이 방면에서 최선은 아무래도 구약성서의 〈시편〉, 신약성서 중 그리스도의 말씀, 〈욥기〉, 신교, 교회의 찬송가 가운데 몇몇 등이다. 찬송가 중 가장 아름다운 것은(그 모두가 다 그렇다는 것은 아니다), 이를테면 보헤미아 형제단의 찬송가집에 실려 있다. 그러한

다만 고동으로 가슴 울리는,
입 밖으로 나온 적 없는 말로,
깨어난 꿈의 힘으로,
또 그 마술의 안경으로,
삶으로부터, 이 악한 삶으로부터
산 채로 우리를 구하려 한다.
어둡고 조용한
잠을 빼앗긴 밤이.

개개의 사상에 대하여 스스로 찾아낼 수 없는 자극을 주는 것이 이 책의 목적이기도 하다. 그러므로 이 책은 잠 못 이루는 밤에 알맞고, 대체로 잠 못 이루는 밤의 결실인 그러한 사상이 수록되어 있다. 좋은 사상을 하나 잡아서 그에 대하여 가능한 한 조용히 사고를 펴는 것이 목적에 가장 적합하다. 그러나 이러한 사상은 아무리 자극하는 힘이 있다 하더라도 낮에 그 진실성과 합리성을 입증할 수 없는 공상적인 요소가 조금도 포함되어 있어서는 안 된다. 유감스럽게도 이러한 책은 극히 드물다. 어느 정도 이것을 대표하고 있는 가장 저명한 기도의 말도 이 실험에 온전히 적합하다고는 할 수 없다. 주기도문마저도 여러 가지 괴로운 경우에 다른 기도문처럼 직접적인 힘을 가지고 있다고는 할 수 없다. 오히려 다른 기도문은 때때로 그 시기에 더 적합한 효과를 발휘한다.

이러한 모든 것은 간호하는 사람이나 환자와 함께 눈뜨고 있는 사람이라면 알고 있어야 한다. 그러나 그들은 종종 자신들의 임무를 바르게 이해하지 못하는 때가 있다. 그들은 병상에 누워 잠 못 이루는 사람을 사념에서 끌어내고, 과거의 무익한 추억이나 장래의 괴로운 근심에서 조용히 끌어내어, 될 수 있으면 그 사람의 정신이 위대하고 기쁜 이념으로 비약될 수 있도록 도와야 한다. 그러한 이념에 이르면 그 사람은 눈뜨고 있는 것을 즐기게 된다.

일반적으로 요즘 세대에 결여된 것은 특히 희열이다. 다른 점에서는 탁월한 사람도 이것이 결여되어 있다. 그 참다운 이유를 그럴듯한 명칭으로 지적하기는 어렵다. 그들은 그것을 언제나 곡해하는 버룻이 있기 때문이다. 이 점에서 그들을 해치고 있는 것은 언제나 자기애와 고집, 고상함 또는 천한 게으름이다. 하나님에게 온전히 순종한다는 것은 희열을 얻을 수 있는 조건이 된다.[4] 더욱이 이 희열은 하나님에게 순종하는 거짓 없는 증거로 누구든지 입증할 수 있다.

하나님의 은총과 접근의 명백한 감정 속에 나타나는 이러한 희열은 병이 무거워 잠 못 이루는 사람일지라도 갑자기, 그것도 크게 느끼는 일이 있다. 그리하여 그 사람은 어떠한 괴로움도, 특히 어떠한 불면도 아무렇지 않게 느낄 뿐만 아니라, 보통의 병상 생활과는 거의 관계가 없는 다른 생활을 자기 내부에 느끼게 된다. 이러한 경험을 아직 한 번도 해보지 못한 사람은 그것을 실제로 믿으려 하지 않을 것이다. 그러나 생활에서 이것을 실증한 사람이 많다. 장래의 의학도 그 목적을 위하여 이러한 기쁜 정서의 도움을 받게 되고, 또 병의 '심리학적 요소'에, 인간의 육체적인 면만을 목표로 하는 기계적인 치료 수단에 조금도 뒤지지 않는 커다란 치료 효과를 안겨줄 것이다.

이미 현대 의학은 전 기관을 관장하고 활력을 고양시키는 것이 병에 걸린 각각의 신체 기관을 회복시키는 전제조건이라는 것을 인정하기에 이르렀다. 의학은 이리하여 필연코 인간의 내적 강화에 도움을 구하지 않으면 안 된다. 그렇게 되면 아마도 의학은 현대의 한 의사가 '은혜의 작용'이라고 이름 붙인 것, 즉 더 큰 힘이 병의 경과에

---

4 이것은 이미 몇천 년 전 이스라엘의 작가가 〈시편〉 119편 45절, 84편 3~4절에서 노래했다.

관여할 수 있다는 것을 믿게 될 것이다. 그렇게 되는 날, 이 정신적 기술은 반세기 전부터 괴로워하는 인류에게서 의학에 대한 신뢰를 차츰 앗아갔던 저 정신파의 유물주의를 벗어나게 될 것이다.

2

이로써 불면은 물론이고, 불면의 원인이 되는 병마저도 꼭 불행은 아니라는 결론에 이르게 된다.

우선 이 사실을 인정한다 하더라도 어떻게 불면을 방지하는가, 라는 문제는 그래도 규명되어야 한다. 독일의 한 시인은 이렇게 말한다. "밤은 천국이며 하나님의 기적이다. 잠으로 보내는 밤이야말로 가장 아름다운 밤이다." 이것은 원천적으로, 또 보통 때에는 의연하고 올바른 판단이다.

이와 같은 숙면의 밤을 보내기 위해서는 자극적이고 불안한 사념에서 떠나 될 수 있는 한 잔잔한 사념 속에, 그리고 편안한 마음으로 밤의 휴식에 들어가는 것이 중요하다. 이것이 여러 가지 숙면법 중에서 가장 좋은 것이다. 그렇다면 어떻게 그럴 수 있을까? 가벼운 일을 하거나, 친밀한 대화를 나누거나, 그렇지 않으면 좋은 책을(신문보다는 얼마쯤 실속 있는 것으로) 읽거나 하는 것인데, 그것은 개성에 따라 달라도 좋다. 다만 한 가지 확실한 것은, 깊은 사색을 요하는 극히 진지한 일, 무슨 일이든 밤늦게까지 하는 것, 또는 무언가 수고로운 노작, 특히 계산이나 그에 준하는 일 등은 취침 직전에 해서는 안 된다는 것이다. 이와 같은 것으로서 취침에 좋지 못한 것은 과음, 과식,

또 대부분 부질없는 다변이 따르는 사교나 연극 관람 등이다. 이러한 것들은 뇌를 지나치게 흥분시키기 쉽기 때문이다.

수면제는 많든 적든 예외 없이 해롭다. 그러므로 어쩔 수 없는 경우에만 의사와 의논하여 사용하는 것이 좋다. 알코올이 포함된 음료도 여기에 속한다. 이것과는 반대로 과식뿐만 아니라 과도한 공부도 불면의 원인이 되는 수가 흔히 있다. 아무래도 잠들 수 없을 때에는 불을 켜고 잠시 일어나서 가능한 한 소화가 잘되는 음식[5]을 섭취하고, 기분이 조금 가라앉았을 때 다시 눕는 것이 좀더 나은 방법이다.

그러나 수면에는 착한 행위, 확실하고 좋은 의도, 회심, 다른 사람과의 화해, 장래의 생활에 대한 명확한 결의 등이 최선이다. 이것들은 신경을 안정시키며, 어떠한 경우에도 분노, 증오, 질투, 근심 등의 상념보다 낫다. 이러한 상념은 보통 아무 이익 되는 바가 없다. "인간의 벗이 아니다"라고 정당하게 불리는 밤의 암흑 속에서는 말할 나위도 없다. 깜깜한 밤에는 육중하고 어두운 모든 것이 더 무겁게 느껴진다. 그러나 언제나 새로운 힘을 가지고 시작되는 다음날 아침의 햇빛 속에서는 사념도 맑게 갠다.

말할 것도 없이 위의 내용은 현재 특정한 병에 걸리지 않은 경우의 불면에 해당한다. 그러나 질병에 따른 불면이라도 위에서 말한 것과 같이 정신을 강화하고 격려함으로써 여러 가지 병을 쉽게 치료할

---

5 저녁식사 때 고기를 먹지 않으면 훨씬 더 잘 잘 수 있다는 것은 누구나 수긍하는 바이다. 어떤 사람들은 취침 전에 사과를 먹는 것이 효과적이라고 한다. 이것은 누구나 시험해보아도 아무런 해가 없을 것이다.

수 있으며, 그러므로 이것에 대하여 전보다 깊이 고려해야 한다는 것이 앞으로 증명될 것이다. 이 정신적 도움은 꼭 필요한 것이며, 환자 자신의 치유력이 외적인 의술의 도움을 받아들이지 않으면 안 된다.

이 힘은 그것이 존재하지 않을 때 권고나 격려를 통해 "응집하여 오는" 것도 아니고, 또 일상의 경험이 가르쳐주듯이 철학이나 정신적 교양이 가져다주는 것도 아니다. 철학이나 교양은 오히려 교양 있는 사람들이 자기 내면에서 완전한 무력감을 느끼면 전혀 쓸모가 없어진다. 이 힘은 실로 무한하게 존재하고, 어떠한 순간에도 얻을 수 있는 외부의 어떤 힘에 자유롭게 접근하여 확고하게 신뢰하는 데서 생긴다. 외부의 이 힘이야말로 "무력한 자에게 충분한 힘을 주고" 인간의 정신에 육체적 결함을 정복하지는 못하더라도 적어도 경감 시킬 수 있는 탄력성과 나아가서는 희열마저도 줄 수 있다.

이 육체적 결함이, 흔히 있듯이 정신적·도덕적 영역에 속하는 질환의 결과라면 그야말로 타당하다. 특히 신경질환이나 초기 정신병 같은 다면적이고도 매우 애매한 영역에서는, 최소한 우리가 보는 바로는, 치료의 과제가 육체적 결과의 측면에서가 아니라 언제나 정신적 원인의 측면에서 다루어져야 한다. 오늘날에도 아직 행해지고 있으며, 단순히 우연 또는 자기기만이라 하여 배척할 수 없는 이른바 수많은 '기적적' 치료를 설명하는 것도 이것이다. 인간의 정신이 강 해져서 육체를 완전히 통제하고, 도덕적 부정을 육체적 불건전, 혐오 해야 할 감정, 신경쇠약으로 느끼고, 이것과는 반대로 선과 인내, 활기, 명석함, 심장의 침착한 고동을 느낀다면, 이것은 올바른 인생행로에 아주 바람직하다고 할 만하다. 그때 육체는 정신의 바른 종이 되고 담당자가 되어, 정신이 활동할 때 도왔으면 도왔지 방해하지는 않는다. 그러므로 인간은 여러 가지 질환을 오히려 감사해야 하며, 올바른 길을 통해 그것을 치료해야 한다. 이와는 반대로, 그 질환에 포함되어 있는 경고와 격려를 외적인 방법으로 제거하려 한다면, 그것은 그 질환의 고상한 의도를 오해하는 것이 된다.

이 관념은 이른바 '기도치료소'의 근저를 이룬다. 그러나 그 방법은 올바르지 않은 것이 대단히 많다. 이것을 실천하는 데는 어떤 특정한 장소도 필요 없다. 어느 집이든 그것에 적합하다. 하나님은 어디든 계시기 때문이다. 이제는 절대로 빠져나갈 수 없는 성(城)에 살듯이, 언제나 하나님 가운데서 눈뜨고 있는 한 끊임없이 무엇인가 착한 일을 하고, 의로운 일을 하며, 어떠한 상황에서도 굳게 하나님을 믿는 것, 이것이 인간 완성, 그리고 건강해지는 유일하고 확실한 길이다. 젊었을 때부터 이 길을 똑바로 당당하게 걷는 자는 더욱 빨리 위대한 완성의 경지에 도달한다. 시에나의 카타리나[6] 같은 사람은 그렇게 했기 때문에 서른세 살에 이미 그 지상의 행로를 다 걸을 수 있었다. 그러나 실로 많은 인간이 그렇게 빨리 진정한 지혜에 이르겠다는[7] 단호한 의지와 다른 여러 가지를 거부할 의지를 가지지

---

6 카타리나(1347~1380)는 이탈리아의 성녀로 열여섯 살 때 도미니크회 수녀가 되었다. 우르반 6세는 그녀를 로마로 불러 교황 직속으로 거느렸다. 종교, 정치에 대한 그녀의 발언은 상당한 영향력이 있었다.

7 단테의 《신곡》 중 〈천국〉편 제22곡 133~138행.

못한다. 오늘날에는 그렇게 완전하고 바른길로 이끌어주는 지도자도 드물다. 그러므로 그들은 만년에 이르러 비로소 올바른 구원의 좁은 길로 되돌아가지만, 그때도 많은 미로가 얽혀 있다.

3

인간처럼 복잡한 조직체의 건강은 주로 각종 악영향에 대한, 일부는 육체적이고 일부는 정신적인 저항에 그 기초를 두는데, 이러한 악영향은 어떠한 예방법으로도 완전히 피할 수 없다. 따라서 좀더 쉽고 효과적인 방법은 모든 것에 저항할 수 있을 만큼 정신과 육체를 단련하고 강화하는 것, 아니 그 싸움에서 상처받지 않고 저항력을 키워나가는 것이다.

가장 간단하고 좋은 건강법은 하나님의 명령에 따라서 생활하는 것이다. 이러한 생활은 고령에 이르러서도 쇠약해지지 않는 강건한 생명력을 오랜 옛날부터 약속받았다. 건강에 가장 나쁜 것은 향락만을 추구하는 생활이다. 그것이 다만 사념에 머무는 경우에도 향락만을 추구하는 것은 건강에 좋지 않다. 특히 그것이 어느 한쪽에 치우쳐 있다면, 틀림없이 정신과 육체에 어떠한 저주를 불러올 것이다. 이러한 생각에서 멀리 떨어져 있는 현대사회에서는 애처롭게도 이진리를 몸과 마음으로 경험하지 않으면 안 된다. 당연한 일이지만 여기에는 어떠한 의학적 구제의 길도 없다.

그리고 흔히 있듯이, 불행한 생활이나 꼼꼼히 파고드는 성격에 너무 무사안일하다면 시인, 예술가, 철학가 등 실로 천부적 재능이 있는 사람에게도 도덕적 원인 없이는 좀처럼 일어나지 않는 우울증이나 정신착란마저 일어나는 수가 있다. 그런데 윤리적으로 좋은 생활방식과 도덕적 질서에 대해 굳은 믿음을 가진다면, 이런 질환의 유전적 소질에 저항할 수 있다. 오늘날 많은 사람을 불행하게 만들고 있는 이러한 불가항력의 '유전적 소질'에 대한 공포는 유물론의 필연적인 결과이자 징벌이어서, 단지 의학적 수단만으로는 충분한 효과를 얻을 수 없다.

환자나 쇠약한 사람, 안정과 회복이 필요한 사람에게 특히 중요하면서도 너무나 소홀히 취급되는 문제는 사람과의 교제이다. 어떠한 종류든 좋지 않은 교제는, 가령 요양소 등에서 일과처럼 되어 있는 일상적이고 내용 없는 대화라 할지라도, 그것은 나쁜 공기처럼 쇠약한 사람의 몸과 마음에 해롭다. 이것과는 반대로 좋은 교제, 특히 평화로운 교제는 그들이 치유되는 하나의 조건이 된다.

'평화'라는 것은 확실히 실재하는 것, 인간의 참다운 성질 또는 힘이어서, 많은 사람이 타인을 행복하게 하는 분위기로서 이것을 자기 몸에 두르고 곳곳에 전파한다. 그러나 다른 한편으로 타고난 재능이 풍부하며 부도덕한 면도 없고, 때로 경건하기까지 한 사람이 들어오면, 어떠한 방이든 그 안을 불안하고 불쾌하게 만드는 수가 있다. 이것은 대개 사람들이 즉각 눈치채는 것으로, 어린아이나 동물은 이것을 즉시 감지하는 본능을 가지고 있다. 어른은 익숙함이나 습관 때문에 그것을 잃어버리고 있지만, 환자에게 이 본능이 되살아나는 수가 많다. 이것은 간호하는 사람뿐만 아니라 가족이나 방문객도 알아두어야 할 일이다. 또 외견상의 경건함(이를테면 집사처럼)만으로는 충분하지 않다. 여기에 덧붙여 순수하게 사명에 살며, 동정심 깊고 봉사심 많은 상냥한 마음씨와 참다운 신앙의 결과인 즐거운 기분이어야 한다. 시중을 드는 사람들이 자기주장이라든가, 가혹한 판단이라든가, 억지로 시중을 들고 있다는 눈치를 행동이나 태도에 조금이라도 나타내면 환자를 압박하여 회복을 더디게 하고, 그에게 위안이 되는 원천을 고갈시키게 된다. 이런 말을 하지 않으면 안 된다는 것이 참으로 슬픈 일이지만, 일부 의사들의 유물주의와 간호에 종사하는 사람들의 일부에서 볼 수 있는 진실한 내적 사명의 결핍이 오늘날 의학의 기술적 진보를 가로막는 커다란 장애가 되고 있다.

요컨대 하나의 가설에 지나지 않고, 또 '입법자' 없이는 성립되지 않는 '자연법칙'의 배후에는 언제나 어떤 윤리적 세계질서가 있어서 이것이 그 근저를 이룬다. 이것은 오늘날 자연과학자도 새롭게 인식할 필요가 있다. 윤리적으로 옳지 않은 생활에서 절대로 건강할 리가 없다. 윤리적인 치유력과 그 작용이 없으면 단순히 외적 수단만으로는, 설령 그것이 최고라 할지라도 결코 건강을 유지하거나 회복할 수 없다.

우리는 누구나 '유전적으로 병적 성향'을 가지고 있지만, 누구든 올바른 방법을 쓴다면 치유될 수 있다. 아마도 완치가 불가능한 환자라 할지라도 최소한 병고는 많이 경감될 것이다.

각각의 기관에 생기는 많은 질환도, 요컨대 오늘날 신경과민 또는 신경쇠약이라는 이름으로 불리고 있는 일반적인 병약함의 결과에 지나지 않는다. 따라서 병의 근원이 사라지면 그러한 질환도 저절로 사라진다. 그러나 병의 근원은 단지 육체적 치료만으로는 제거되지 않는다. 이것은 언제나 정신적 요소의 도움을 필요로 한다.[8]

4

마지막으로, 위와 같은 의미에서 특별한 치료 능력이 개인적인 힘에 과연 존재하는가, 그렇지 않은가 하는 것은 별개의 문제이다. 성경은 이것을 부정하지 않고 오히려 긍정하고 있다. 그러나 이것은 의심할 바 없이 가장 위대한 능력은 아니다. 또 단독으로 존재하는 독립된 힘도 아니다. 이 경우의 치료는 완전히 건강한 정신이 병든 정신을 강하게 자극하는 것이 아니라면, 즉 설명할 수는 없지만 확실히 감지되는 두 정신의 결합에서 생기는 자극이 아니라면 성공하지 못할 것이다.

어쨌든 이런 종류의 치료는 환자의 내적 인간에 호소하는 것이며, 그리하여 그는 새로운 생명에 이르기까지 각성되거나 내적 생명

---

8 병은 우리가 가장 견디기 어려운 것이며, 사람은 누구나 건강을 동경한다. 그러나 육체적인 질환, 특히 심장병은 바르지 못한 정신 상태와 밀접한 관련이 있는 경우가 매우 많다. 생명의 근원인 심장은 언제나 육체적 원인뿐만 아니라 정신적 감응에 더 크게 영향을 받는다. 그중에서도 근심과 걱정은 종종 지속적인 비애의 감정을 일으켜, 사도 바울의 이른바 "하나님의 뜻대로 하는 근심"이 아니면 결국 죽음을 초래할 수 있다. 왜냐하면 비애는 심장을 침범하고, 심장을 통해 두뇌와 모든 신경계통을 침범하여, 병이 어느 정도 악화되면 고칠 수가 없기 때문이다. 누구나 어려운 현대 생활에서 이러한 비애에서 완전히 빠져나온다는 것은 신앙 없이는 매우 곤란하다. 철학적 교양이 높은 사람도 나이를 먹고 병에 걸리면 결국에는 비애에 빠지기 쉽다. 이러한 사람들의 전기는 그의 만년에 대해서 진상을 숨김없이 전해주지 않는다.

의 현재 상태에서 해방되는 것이다. 이 치료법은 미국의 어떤 신학파(神學派)가 말하듯이 습득할 수 있는 것이 아니며, 지혜와 성실함으로 다루지 않으면 잃어버릴 염려가 있는 능력이다. 여기에는 무엇보다도 이 힘에 대한 굳건한 믿음이 필요하다. 이 믿음이 환자에게 작용하여 그 일부가 그의 내부로 옮아가는 것이다. 또 아마추어 치료자가 종종 갖는 명예욕이나 허영심에서 완전히 초탈해야 한다. 이러한 성질은 그 흔적이 아주 미미하다 하더라도 상대방의 불신을 초래하는 확실한 근거가 된다. 왜냐하면 그들은 결코 자기 힘이 아니라 다른 사람의 힘으로 치료하기 때문이다. 그 사람은 인간처럼 그리 쉽게 속지 않는다. 인간은 이러한 점에서 믿음이 너무 얕고, 병으로부터의 구제를 너무나 많은 방법으로 과도하리만큼 열심히 구하고 있다.

그러나 이러한 치료 능력은 어떤 직능이나 특별한 집안에만 전해지는 것도 결코 아니다. 이것은 순전히 하나님의 은총이며, 특정한 치료소나 '신이 사는 나라' 등과 관련이 있는 것도 아니다. 그것이 신앙의 순수성을 잃거나, 모든 '인간적인 것'으로부터 초탈하지 못하면 즉시 미신에 속하게 된다. 미신은 바로 이 영역에서 언제나 신앙의 자리를 대신할 태세를 갖추고 있다. 그렇게 되면 이 능력은 설령 처음에는 좋았어도 급속히 퇴보한다. 이러한 예는 옛날부터 있었으며, 가까운 미래에는 한층 더 빈번할 것이다. 왜냐하면 우리는 신학과 의학, 특히 정신병학과 신경의학의 커다란 과도기 및 발전기에 있기 때문이다.

이 책에 실린 잠 못 이루는 밤을 위한 사상은 모두 이러한 관점에서 나온 것이다. 1년을 하루하루 나눈 것은 우연한 것으로, 서로 간에 관련이 있는 것은 아니다. 다만 자연스럽게 단락을 짓고, 한꺼번에 너무 많은 내용이 들어가는 것을 피하기 위해서이다.

이 책에는 나의 사색과 경험에서 비롯되지 않은 사상이 하나도 없다. 이 글들은 잠 못 이루는 밤이나 몹시 괴로운 날에 읽어야 한다. 이 사상은 그때 가장 잘 어울리기 때문이다.

탑을 세우기 전에
먼저 땅을 파야 한다.
땅에 씨를 뿌리지 않으면
수확의 날은 오지 않는다.
우리는 세월과 함께 경험한다.
우리에게 묻는 사람들에게
우리가 말하는 시온의 희망을.
- 친첸도르프

⋯⋯너나없이
스스럼 때문에 흐려진 양심은
정녕코 네 말에 신맛을 느끼리라.
그럼에도 일체의 거짓을 버려라.
네 모든 환상을 털어놓아라.

그리고 딱지 앉은 자리를 다만 긁게 하여라.

비록 너의 소리가 처음부터 당기지 않더라도

때가 되면 차츰 생명을 주는 자양분이 되리라.

- 단테,《신곡》〈천국〉편 제17곡 124~132행

1월

1월 1일

　　언제나 위대한 사상을 품고 살며 말초적인 것을 경시하도록 노력하라. 이것은 인생의 많은 괴로움과 슬픔을 가장 쉽게 극복하는 길이다.

　사람은 자기가 정화되고 싶은 정도나 방법을 스스로 선택할 수 있다. 그러나 순금 같은 성품은 강력하고 반복적인 정화로만 나타나는 것임을 명확히 알아야 한다. 바르게 이해하고 잘만 이용한다면 병은 정화에 도달하는 가장 쉬운 방법이다.

1월 2일

　　〈요한복음〉 15장 7절[1]은 아마도 성경에서 가장 주목할 만한 대목일 것이다. 이 말이 진실이라면, 세상을 살아가는 동안 사람을 위협하는 어떠한 재앙에도 언제나 구원의 손길이 기다리고 있다는 말이 된다.

　　그렇다면 이 말을 한 사람도 보통 사람이 아니었다는 것은 진실이다.

1　"너희가 내 안에 거하고 내 말이 너희 안에 거하면 무엇이든지 원하는 대로 구하라. 그리하면 이루리라."

그러나 이것은 당분간 덮어두자. 이 말이 구원을 약속하기에는 몇 가지 전제조건이 필요하다. 먼저 그 조건들을 갖추도록 노력하라. 이것은 어떠한 경우에도 당신을 해롭게 하지 않을 것이다. 오히려 당신의 생애에 축복이 될 것이다.

1월 3일

인생의 유일한 이성적 목적은 이 땅 위에 하나님의 나라, 즉 불화와 경쟁의 나라가 아닌 평화와 사랑의 나라를 만드는 데 있다. 이 일에 참여하는 것만으로 우리의 생애는 목적과 가치를 가지게 된다. 그리고 누구라도 봉사와 수고로써 이 일에 참여할 수 있다.

신앙을 가진 사람들도 중간을 택하는 경우가 많다. 그들은 보통 하나님의 인도를 원한다. 그러나 어떤 일, 이를테면 결혼, 사교, 정치, 투기, 금전 문제 등은 자기 마음대로 작정하고 행동한다. 이러한 경우 하나님에게 충고를 구하지 않을 뿐만 아니라 하나님에게 보이는 것마저 싫어한다. 왜냐하면 자기 생각이 옳지 않고, 사실은 그런 생각을 버려야 한다는 것을 잘 알고 있기 때문이다. 그러나 세상 사람들처럼, 그들은 이러한 일로 근심하고 괴로워하며 남에게도 강요한다. 그러다 불행해지면 다시 하나님에게 구원을 청하며 소리를 지른다. 이것은 그들이 마지막으로 할 수 있는 최선의 일임이 틀림없을 것이다. 그러나 하나님이 잠시 동안 자기 마음대로 작정하고 행동한 결과를 그들에게 명확히 알려준다 하더라도 그것은 조금도 이상한 일이 아니다.

　일을 지나치게 많이 해서는 안 된다. 절도 있게 생활하면 그럴 필요가 없다. 일을 적당히 하는 것은 힘을 보존하는 가장 좋은 방법이며, 활발하지 않고 느슨해지는 힘에 대한 유일하고 무해한 자극제이다.

1월 4일

　　　　　(지금도 이러리라고 생각하지만) "어떻게 하면 좋은 일, 즐거운 일을 할 수 있을까"라고 묻는 대신, "이 순간 어떻게 하면 착한 일, 옳은 일을 할 수 있을까"라고 물어라. 또는 이 궁극의 목적을 위해 내 처지를 어떻게 개선해야 할지 끊임없이 묻는다면, 당신이 살고 있는 이 세계에 대하여 전혀 다른, 한층 더 만족스러운 관점을 얻을 것이다. 이리하여 '산다'는 것이 어떤 것인지 비로소 알 수 있을 것이다.

　선을 행할 기회만 있다면, 그러한 기회가 없다는 것은 거의 있을 수 없는 일이지만, 당신의 생활이 얼마간 곤란해지든 편안해지든, 또 당신이 건강해지든 약해지든, 그런 것이 전보다 훨씬 예사롭게 여겨질 것이다. 그러나 이와 반대되는 인생관을 가지면 불만, 근심, 불화 등을 피할 수 없게 된다. 사회적으로 아무리 높은 지위에 있어도 이것을 피할 수 없다. 더욱이 그보다 낮은 지위라면 말할 나위도 없다.

　이것은 어떠한 종교, 어떠한 계급일지라도 오늘날 인간에게서 볼 수 있는 현실적인 커다란 차별이다. 이것에 비한다면 그 밖의 다른 차별들은 거의 의미가 없다.

1월 5일

어려운 일을 당했을 때, 우선 감사할 만한 것을 찾아 정직하게 감사하라. 그러면 마음이 한층 편안해지고 다른 일도 훨씬 견디기 쉬워진다. 이것을 끊임없이 연습하면 차차 좋은 습관이 되어 생활이 아주 편안해진다.

하나님이 인도하는 대로 자신을 온전히 맡긴다면 어떤 숭고한 무심의 상태가 되어 인생을 아주 곤란하게 한다든가, 끊임없는 노력으로도 바꿀 수 없는 많은 일에 대처할 수 있다. 이렇게 '가벼운 마음'이 되려면 하나님을 깊이 믿고, 하나님의 모든 계율을 지켜야 한다.

1월 6일

기독교의 가르침대로 산다는 것은 전혀 불가능한 일이라는 견해가 널리 퍼져 있다. 만약 이것이 사실이라면 그러한 종교는 버리는 것이 좋다. 종교적 목적이나 정치적 목적을 위하여 그러한 종교를 형식적으로 믿을 필요는 없다.

만약 그리스도가 이 땅에 다시 나타난다면 틀림없이 '온 예루살렘'은 처음처럼 몹시 놀라고 두려워할 것이다. 그러나 우리는 기독교를 참되이 자기 삶의 내용으로 삼은 사람이 일찍이 이 같은 견해를 품었다든가 고백한 일이 있다고는 생각하지 않는다. 기독교를 자기의 내실로 삼는다면 아름답고 위대한 그 무엇이 어려움을 훌륭히 극복케 한다. 처음에는 물론 얼마간 과감성이 필요하지만, 앞으로 나아가는 중에는 그 필요성도 없어진다. 한 발 나아가서 보면 좁기는 해도 매우 평탄한 오솔길이며, 거기에는 많은 휴식처와 열린 문이 있다.

오늘날 우리에게 개요만 전해지고 있는 저 산상수훈을 진지하게 통독해보라. 당신도 그 가르침에 놀라거나 그 전부를 있는 그대로 받아들이고 이해하지 않으면 안 되지만, 그것이 실천할 수 없는 이상적인 명령인지 한번 고찰해보라. 당신의 내적 진보는 그 고찰과 대답에 달려 있다. 당신이 그 가르침을 따를 수 있기를 간절히 원하지 않는다면 당신에게 기독교란 무(無)와 같은 것이다. 그렇게 된다면 이제는 무슨 교회 제도나 철학으로 만족해야 할 것이다.

만약 하나님이 존재하지 않고, 다윈적 의미에서와 같은 생물학적 세계 질서와 인간 상호간의 단순한 '생존경쟁' 또는 '실제 정치'밖에 없다면, 산상수훈에 따라 규칙을 세우고 그것에 순종하려는 것은 과욕임이 틀림없다. 그러나 하나님이 존재하고 그분의 명령을 신실하게 따를 때에는 축복을 받고, 그렇지 않을 때에는 그 반대라고 한다면 문제는 달라진다. 이것은 다행히도 누구나 시험해볼 수 있다. 이것을 당장 믿을 필요는 없다. 이미 유물론에 반감을 품고 있는 많은 사람들이 머지않아 이것을 시험해볼 것이다.

1월 7일

모욕하는 자를 모두 용서하라는 것은 하나님의 말씀을 통해, 또 우리의 경험을 통해 의심할 바 없이 확인되었다. 즉 경험에 따르면, 끈질긴 미움은 내적 생명을 해치고, 상대방보다 미움을 품고 있는 당사자에게 해롭다.

그러나 때로는 도저히 용서할 수 없는 것이 있다. 그렇지만 '용서는 하나 결코 잊을 수는 없다'든지, '하나님이 당신을 용서하시기를' 같은 말을 덧붙이는 위선적인 용서는 숭고한 인품을 가진 사람에게는 어울리지 않으며, 하나님에 대한 모독이다.

이러한 경우에는 잠시 복수를 중단하고 하나님에게 맡겨버리는 것이 훨씬 낫다. 그러면 정당한 이유가 있는 한 하나님이 적당한 시기에 틀림없이 정확하게 복수를 해준다. 사람에게는 이것이 차라리 낫다. 그러면 상처받은 감정도 복수의 계획으로 살찌우지 않는 한, 시간이 지나면 하나님의 은혜로 차차 위안을 받게 된다.

설령 마음으로라도 다른 사람과 다투지 마라. 이것은 때때로 실제보다 더 감정을 상하게 하며, 수많은 내적 불안의 원인이 된다. 유대인의 속담에도 있듯이, 특히 "내가 사랑하는 사람들을 노하게 하는 것은 머리끝에 광기의 씨앗을 뿌리는 것이다."

심판하지 마라

악인을 버려두라, 언쟁하지 마라.
네 사명이 아닌 것은 내버려두라.
하나님이 누구를 회심시키려 하는지
그 구원의 신념을 너는 아는가.
하나님이 그들을 구하지 않으려 한다면

너도 그것으로 충분하지 않은가.
그들은 은혜를 받을 수 없는
무거운 사슬을 메고 있지 않은가.

빛이 희미한 행복의 한가운데서
그들은 늘 재앙을 근심한다.
그 머리 위에는 언제나
심판의 칼이 걸려 있다.

바른 심판자에게 그들을 맡겨라.
주저하지 말고 네 길을 가라.
하나님은 범속한 사상을 가진
통속작가가 아니니.

1월 8일

　　"이는 나의 연약함이라. 가장 높으신 분의 오른손의 해, 곧 여호와의 일들을 기억하며 그 행하신 일을 진술하리라."〈시편〉 77편의 말씀을 성실한 마음으로 온전히 동감하며 노래할 수 있는 사람은 고난을 뛰어넘어 내적 평정에 도달한 사람이다. 그것은 스토아 철학자들이 가르치듯이 외적으로만 초연한 것이 아니다. 그러나 이것도 좀처럼 쉬운 일이 아니다.

　　당신이 바라고 구하는 것 모두가 즉시 이루어지지는 않는다. 당신에게도, 다른 사람에게도 먼저 성장하고 강화되어야 할 것이 아직도 몇 가지 있다. 그리고 은혜의 기적이 일어난다 하더라도 어느 정도 자연의 순리를 따라야만 한다. 우리가 무엇인가를 소유하는 것만이 중요한 것은 아니다. 무엇인가를 얻을 수 있다는 확신도 소유한 것 못지않다.

1월 9일

많은 고난을 피할 수는 없다. 그러므로 고난을 달게 받아들여라. 가능한 한 빨리, 그리고 완전히 침착하라. 그렇게 함으로써 당신은 비로소 완전에 이르는 똑바른 전진의 길 위에 서게 된다.

1월 10일

"침묵으로 실패하는 사람은 없다." 약간 기묘하게 들리는 이 말은, 인생의 갖가지 시련을 유능하게 헤치고 성공한 내 친구 하나가 언제나 입에 달고 사는 말이다. 실제로 매우 곤란하고 불쾌한 인생의 많은 사건을 침묵으로 쉽게 헤쳐나갈 수 있다. 이에 반해, 사람들이 흔히 좋아하는 '자기주장'은 견해 차이나 감정 대립을 쓸데없이 표면화해 때로는 수습할 수 없게 한다.

또 "잘 생각해보지"라는 말도 아주 민감한 사람이나 마음이 쉽게 바뀌는 사람에게는 때때로 기적을 나타낼 수 있다.

편지를 주고받을 때에도 답하고 싶지 않을 때에는 회답하지 말고, 독촉을 계속 하더라도 응하지 않는다면 여러 가지 불쾌한 논란을 해소하는 확실한 방도가 된다. 그러나 거의 대부분 이러한 시도를 두 번만 하면 벌써 포기해버린다.

그러나 고칠 수 있는, 또는 고치지 않으면 안 될 명확한 부정에 대해서는 침묵하면 안 된다. 또 마음속으로 증오를 품고 침묵하는 것도 좋지 않다.

1월 11일

어떤 유물론 철학가가 이런 말을 했다. "사람은 자기가 목격하는 어떤 비참함도 부끄러워하지 않으면 안 된다"라고. 이것은 부패하지 않았거나, 또 부(富)나 가난으로 마음이 딱딱하게 굳어 있지 않은 사람이 가지는 자연스런 감정이다. 그러나 유쾌하지 못한 이 감정 때문에 많은 사람이 비참한 광경을 외면하고 싶어 한다. 그러나 이것을 거의 불가능하게 한 것은 현대 사회주의의 최대 공적 중 하나이다.

1월 12일

이기주의가 언제나 나쁜 결과를 가져온다는 것을 신앙이 깨우쳐준다 하더라도 인간이 그것을 이성적으로 이해하지 않는 한 신앙은 생활에 실질적인 영향력을 거의 미치지 못한다.

1월 13일

지상천국이란 인간이 하나님과 끊임없이 생각을 같이

하는 것 외에는 아무것도 더 바라지 않을 때에 시작된다. 다가올 천국도 이 밖에 다른 무엇일 수 없다. 더욱이 인간이 이런 마음 없이 천국에 안주할 수 있으리라고는 이성적으로 전혀 생각할 수 없다.

1월 14일

결코 뒤돌아보지 말고 언제나 앞을 바라보라. 최후에는 이 인생마저도 넘어서라. 뒤돌아보는 것은 아무런 이득도 없다. 다만, 개선해야 할 일이 있거나, 지난 실패를 거울삼기 위하여, 또는 은혜에 감사하고 보답하기 위한 경우를 제외하고는.

1월 15일

학문으로서 신학을 존경하라. 신학도 다른 학문과 동등한 가치가 있다. 그렇지만 그 이상은 아니다. 당신이 내적 생활을 영위하는 데 신학적 지식은 필요치 않다.

진실로 어떠한 시대, 어떠한 민족이든 세계와 관계를 끊고 아무런 대가 없이 올바른 길에서 다른 사람을 돕기 위해서만 존재하는 사람이 있다. 이들이야말로 진정한 '성직자'이다. 성직자로서 이러한 자질을 갖고 있지 않다면 그는 아무런 가치가 없다. 당신이 이러한 사람에 속할 수 있다고 자각한다면, 왕관일지라도 이제 이것과 바꾸지 마라. 왕관도 이러한 마음으로 쓰고 있을 때에만 가치가 있는 것이다.

1월 16일

사람이 하나님의 은혜 속에 있다는 것은 보통 다음 두 가지 현상으로 분명히 알 수 있다. 첫째, 때때로 아무런 외적 계기 없이 갑자기 나타나는 초현세적인 환희이다. 다음으로, 이러한 사람들은 다른 많은 사람들과 같이 이기주의와 결부된 일에서는 결코 성공하지 못하지만, 그와 반대되는 어려운 일이나 비범한 일에서는 훌륭하게, 또 쉽게 성공한다는 것에서 더욱 확실히 알 수 있다.

그것은 그렇다 치고, 이러한 은혜를 입고 있는가 아닌가를 생각해 본다는 것은 쓸데없는 짓이다. 진심으로 은혜를 바라며 인생의 다른 어떠한 보물도 버릴 수 있는 사람은 다른 희생이나 준비 없이도 은혜를 입는다. 아니, 그 사람은 이미 은혜를 입은 것이나 마찬가지다. 머지않아 그러한 징후가 나타나서 이제는 무엇 하나 의심할 바 없게 된다.

1월 17일

각각의 영혼이 참다운 내적 생활에 도달했을 때, 자기 내부에서 경험하는 성장 과정은 보통 다음과 같다.

첫째, 만족을 주지 않는 세속적인 노력을 멈추고 하나님에게 '전향하라.' 악한 것을 떠나고 무관심도 버리고 선을 '추구하라.'

다음으로, '먼저 하나님의 나라를 구하라.' 다른 것을 함께 추구하거나 그것과 같은 수준으로 해서는 안 된다.

그리고 나서 진정으로 필요한 것과 유익한 것을 언제나 얻을 수 있다는 확신이 생긴다. 이로써 마침내 내적인 평안과 현세의 극복에 이르게 된다. 아무리 좋은 운명이라 하더라도 현세에서는 불안과 걱정 말고는 아무것도 없지만.

인생은 끊임없는 극복 아니면 굴복, 둘 중 하나이다. 지상의 어느 누구든 이것 말고 다른 길은 없다.

1월 18일

나쁜 독서는 나쁜 교제보다 더 해롭다. 왜냐하면 현실에서 인간은 완전히 사악하고 타락한 것을 공상의 세계에서처럼 자기 내부에 구상화하고 미화할 줄 모르기 때문이다. 뿐만 아니라 인간은 나쁜 사람들을 자연적으로 멀리하고 경계한다. 그런데 믿기 힘들게도 추잡한 책이나 신문, 소설, 희곡 따위가 양가 부녀자의 눈에 든다는 점이다. 한 권의 책이 때때로 한 사람의 생애를 불행하게 (물론 행복하게도) 하는 수가 있다.

1월 19일

인간이 자연적 소질과 생존의 숙명에서 동물과 닮았다는 생각을 확대해서는 안 된다. 도리어 그러한 근대적 견해에 대해서 온 힘을 다해 자신을 방어하라. 그러한 견해는 과학적 가설에 지나지 않고, 증명되지도 않았으며, 앞으로도 그럴 것이다.

이렇게 인간과 동물을 동렬에 놓는 견해를 가지면, 인간을 동물과 구별하는 가장 중요한 기준이 없어진다. 여기까지는 이 가설이 옳다고 할 수 있다. 그 밖의 다른 점은 그다지 가치가 없다. 이 암초에 부딪혀 지금 아주 많은 사람들의 행복이, 때로는 전 민족의 행복이 난파되고 있다. 이러한 사태와 접촉시키는 매개도 없이 교회 정신을 장려한다 해도 단순한 교회 정신은 현실에서는 아무런 힘이 될 수 없다. 삶을 지배하는 확고한 신념으로 진화론에 대항하지 않으면 안 된다.

나는 현대인이 단순한 철학적 사색의 길에서, 또는 현대의 자연과학을 종교와 결부시키려는 시도로 확고한 신앙에 도달한 예를 아직한 번도 본 적이 없다. 확고한 신앙은 실천적 요구에서 비롯되는 경우가 훨씬 많다. 외적 행복, 특히 영원한 내적 만족에 이르는 길은 다른 방법으로는 전혀 발견할 수 없기 때문이다. 높은 것을 향하여 노력하는 개개의 영혼에게는 광대한 이상주의와 온전히 일치하는 영적 존재에 대한 신앙, 그리고 인간성의 가장 열등한 본능이 아니라가장 높은 이념이 지배하는 세계에 대한 신앙이야말로 살아가는 데없어서는 안 될 요소이다. 이러한 신앙 없이는 자신의 존재를 이해할수 없으며, 또 인생의 온갖 고난에 맞서 편안하게 살아갈 수 없다. 영국의 한 여성 작가가 남긴 말이 그들에게 알맞다.

"아니, 그대여, 주저하지 마라.
숭고한 것을 희구하는 것은 가장 확실한 선이다.
그것은 그대의 유일한 선.
그대는 이제야 깨달았다.
저 높은 환상은 모든 천한 선택을 영원히 거부하므로."

1월 20일

당신은 아마도 말할 것이다. 하나님과 그리스도를 믿을 수가 없고, 당신의 이해력(오성)은 그러한 형이상학적 직관에 반대한다고. 아마 실제로 믿을 수 없다는 것도, 반대한다는 것도 둘 다 진실일 것이다. 그렇지만 당신과 이러한 초감각적 세계 사이를 가로막고 있는 것은 어떤 다른 종류의 경향성이지 이해력은 아니다. 이해력은 의지가 이미 결정한 것을 시인할 따름이다. 그렇지 않은 경우, 사람들은 언제나 이해력의 머뭇거림을 뛰어넘을 것이다.

성경에는 죄가 인간을 파멸시킨다고 적혀 있다. 그러나 죄는 하나님을 생각하는 것과 병존할 수 없는 여러 가지 마음의 경향성을 말하는 것이다. 이것이 당신의 행복을 가로막고 있다. 이 사실을 잘 생각하고 그것을 찾아 없애야 한다. 그러면 신앙은 아주 쉽게, 아주 자연적으로 생기게 된다.

1월 21일

단순하게, 정직하게, 아무런 형식 없이 기도하고(오늘날 종교 교육에서는 매우 드문 방법이 되어버렸지만), 또 하나님의 대답을 들어야 한다. 그러자면 일상의 시끄러움과 자기애에 조금도 구애받지 않는 미묘한 내적인 귀가 필요하다.

그런데 많은 '기도자'가 기도문 암송이 끝나면 가버리거나, 아니면 마치 아무 일도 없었다는 듯, 더구나 대답 같은 것은 처음부터 기대하지도 않았다는 듯, 수프에 숟가락을 갖다 댄다.

1월 22일

　　　아침에 눈을 떠서 맨 먼저 떠오르는 생각이 무엇인가 하는 것은 매우 중요한 일이다. 당신은 여러 가지 우연적인 원인을 초래하는 순간적인 '기분'에 자신을 맡기는가, 아니면 생활의 고삐를 단단히 잡으려고 하는가? 당신은 여전히 바로 눈앞에 있는 걱정거리나 귀찮은 일을 시작하겠는가, 아니면 새 아침에 감사한 마음으로 일을 시작하겠는가? 당신은 하나님과의 유대를 새로이 하려는가, 아니면 자주적으로 다시 '생존경쟁'을 시작하려는가? 이것에 따라 그날의 운명이 결정된다.

1월 23일

　　　이 세상에서 참되게 남을 도울 수 있는 사람은 "영겁의 불꽃 속에서 살 수 있는" 사람이다. 그 밖의 사람들은 우리가 스스로 도울 수 있는 것 이상으로는 우리를 도울 수가 없다.

1월 24일

　　　"내일 일을 위하여 염려하지 마라. 내일 일은 내일 염려할 것이요, 한날 괴로움은 그날에 족하니라."
　이 유명한 말의 후반은 더할 나위 없이 명료하다. 그리하여 누구든지 말할 것이다. 전반의 말도 실행할 수 있는 것이라면 기꺼이 따르겠다, 그렇게 한다면 삶이 훨씬 편안해질 것이다, 라고. 이 명제는 하나님이 인도할 때에만 실행될 수 있다. 하나님의 인도는 현명한 인간보다 더 지혜로우며, 또 때를 놓치는 일도 없다. 인간의 지혜는 때때로 주위 사정과 자기의 힘을 오인하지만 그것을 모른다. 그래서 "자기 발에 비해 큰 신을 신는" 일이 너무 많다.

1월 25일

두려움은 언제든지 뭔가 올바르지 않은 일의 징조이다. 이것을 찾아내어 근본적으로 극복하라. 그렇게 하면 두려움은 괴로움이 되지 않고, 올바른 삶의 길잡이가 될 것이다.

우리는 완성에 이르러야 할 의무를 가지고 있다. 우리가 올바르게 추구한다면 완성에 필요한 실력과 식견을 모두 얻을 수가 있다. 그러나 사람들은 대부분 완전성이 주어지더라도 결코 기뻐하지 않을 것이다. 그들의 영혼은 너무나 많은 티끌에 싸여 있기 때문이다.

1월 26일

당신이 만약 봉사할 마음이 없다면 옛날같이 위로, 치유, 용서 같은 특별한 '능력'이 주어질 것이라고 생각해서는 안 된다.

1월 27일

근대의 자연과학과 종교를 조화시키려 하거나 모든 자연현상을 종교로 설명하려는 노력은 거의 효과가 없으며, 현대인의 정신에 오히려 무익하다. 자연과학은 전 분야에 걸쳐서 가능한 한 해명하려고 노력해야 하지만 과학적으로 설명할 수 없는 가설에서 출발해서는 안 된다. 자연과학은 바로 그 활동 범위에서 만족해야 하며, 규명하기 힘들다고 학문(과학)뿐만 아니라 일반적으로도 존재하지 않는다고 주장해서는 안 된다. 여기에 본래의 논점이 있다.

우리도 자연법칙을 믿는다. 그러나 그것은 '법칙'이기 때문에 결코 우연히 또는 자연적으로 성립된 것이 아니라 자연을 창조하고 지배하는 영적인 존재를 전제로 한다. 만약 세계가 혼돈 상태이고 존재의 법칙이 없다면, 이러한 가능성을 잠시라도 생각할 수 있다면 세계는 하나님 없이도 존재하겠지만, 그렇지 않으면 하나님 없이는 존재할 수 없다. 그러나 하나님이 무엇인가 하는 문제는 신학, 철학 또는 인간의 다른 어떠한 학문으로도 완전히 규명할 수 없으며, 이것을 정의할 수도 없다. 그리스도도 이것에 대해서 〈요한복음〉 4장 24절에 적혀 있는 것 이상으로 더 상세히 말하지 않았다.

1월 28일

도덕적 세계 질서는 예나 지금이나 자유로운 지성에 근거를 두고 있다. 자유로운 지성이 있기 때문에 악이나 선이 생기는 대로 그냥 내버려두다가 선이 온전한 선일 때만 승리를 보증하고, 악은 악으로써 멸하게 하여 "죽은 사람으로 하여금 죽은 사람을 묻게 하는 것"이 가능하다.

1월 29일

우리 내부에 있는 내적 인간은 외적으로 나타나는 인

간과 우리가 전혀 이해할 수 없는 결합 속에 있는데, 이러한 내적 인간만이 하나님의 영향과 감화를 받을 수 있다. 성찬(聖餐)을 받는다는 것도 이 내적 인간을 향해서이지 외적 인간을 향해서가 아니다.

그렇다고 한다면 루터와 츠빙글리의 논쟁은 쌍방이 모두 사안의 본질에서 약간 벗어난 논쟁이었다. 그 논쟁에서는 근본적으로 루터가 정당했지만, 사안을 너무 조잡하게 해석했다. 성찬이라는 것은 그 자체로 현실적인 힘을 가지고 있으며, 단순히 '기호나 상징'이라든가 지난 일의 '인상'은 결코 아니다. 이것은 일종의 영적인 힘이다.

영적인 힘은 내적 인간에게 향한다. 그리스도가 의미한 것은 영적, 내적 인간의 외부화가 아니었다. 외적 인간에게 빵과 포도주는 자연 그대로의 것이다. 그러나 내적 인간에게는 그리스도의 영적 성질에 참여하는 힘을 가진다.

성찬은 누구에게도 현실적 도움을 준 일이 없고 그저 교회의 의식에 지나지 않는다는 무미건조한 고찰보다는 가톨릭이나 루터의 견해를 좇는 것이 진리에 더욱 가까워지는 것이다.

1월 30일

'사랑'은 기만적이고 때때로 실천하기 어려운 말이다. 인간에게는 동정을, 하나님에게는 신뢰와 감사가 올바른 감정이다. 모든 인간을 참되게 사랑하기란 어려운 이야기로서, 그것은 기만이며 결국엔 염세주의로 이끌 뿐이다. 그러나 누구에게나 친절과 동정을 보내고, 증오나 공포나 분노를 품지 않는 것은 가능하다.

애정 없이 사람들과 교제하는 것은 영혼의 낭비이다. 그러므로 달리 어떻게 할 수가 없으면 교제를 줄이든가, 그렇지 않으면 관계를 끊는 것이 낫다.

동정심의 결핍은 여성에게는 위기적인 특징이다. 당신이 이것을 알게 되거든 주의하라. 또 인간에 대한 지나친 사랑은 여성이 빠져나오기 아주 힘든 함정이다.

1월 31일

우리는 현세에서 행복을 알아야 한다. 이 행복은 어떠한 사정이 있더라도, 또 어떠한 사람이든 향유할 수 있는 것이며, 우리가 어떠한 상태에 놓이더라도 언제나 기쁨으로 마음을 채울 수 있는 것이다. 이러한 행복을 얻게 하는 것이 철학의 이상적 과제일 것이다. 그렇지 않다면 철학은 그 모든 '체계'를 가지고서도 우리를 유익하게 하는 힘이 극히 적을 것이다.

경험으로 볼 때 신앙과 유익한 일만이 그러한 행복을 가져다준다. 적어도 나는 그 밖의 다른 올바른 방법을 알지 못한다. 또 내가 아는 바로는 오늘날까지 누구도 다른 방법을 발견한 적이 없다.

2월

2월 1일

하나님과의 관계에서는 우리가 먼저 성실해야 한다. 이 관계는 커다란 동요나 불신실이 오더라도 그 뒤에 회개한다면 견딜 수가 없지만, 냉담한 무관심과 단순히 의무만 수행하는 형식주의는 견딜 수가 없다.

인간의 참다운 우정도 마찬가지다. 우정도 의무적인 감정만으로는 유지되지 않는다.

2월 2일

하나님의 노여움이 다만 그리스도의 수난과 죽음으로, 말하자면 피로써 풀렸다는 교회의 논리를 나는 도저히 이해할 수 없다. 만약 하나님이 우리에게 이 정도 노여움을 가지고 있다면 하나님은 우리에게 구세주를 보내지 않았을 것이다. 하나님이 구세주를 보냈다는 것은 이미 용서했다는 것이다.

2월 3일

하나님의 노여움은 주로 우리의 삶이 하나님에게서 멀

어지고, 그리하여 재물이 아무리 풍부하고 학문, 예술, 교통이 급격히 발전해도 오늘날 우리가 이렇게 황량하고 위로받을 데가 없다는 점에 있다. 대지는 지금도 예전 그대로다. 아니 전보다 더 잘 가꿔지고 있다. 그러나 없는 것은 햇볕이다. 인간의 행위에 있어야 할, 또 있을 수 있는 축복이 존재하지 않는 것이다.

2월 4일

염세주의자는 말한다. 세상에는 사랑이 드물고 이기주의가 팽배해 있기 때문에 우리는 이 가련한 인류를 단념하고 그들을 경멸한다, 라고.

전제는 이론의 여지도 없이 맞는 말이지만 결론은 그렇지 않다. 그러니까 우리는 최소한 할 수 있는 데까지 더 많이 사랑하고 이기주의를 극복해야 한다.

하나님을 사랑하고 모든 피조물을 사랑하는 마음을 갖지 못한다면, 당신들이 종교라든가 박애라든가 인류애 등에 관하여 말하는 것은 모두 공허한 잡담에 지나지 않는다. 그렇게 되면 인간 본성을 자연적 이기주의라고 보는 유물주의가 당신들이 교회의 가르침대로 생각하는가 아닌가를 막론하고 당신에게는 진리에 더 충실한 사상 체계인 것이다. 이 특별한 마음만이 이기주의를 극복할 수 있는데, 이것은 누구나 태어나면서부터 가지고 있는 것도 아니고, 또 경험에 따르면 사색이나 노력으로 얻을 수 있는 것도 아니다. 이것이 바로 지식과 경험을 가지고 있지만 인간이 외부의 힘으로 해방과 구원을 얻지 않으면 안 되는 이유이다.

만약 당신이 그것을 체험하지 못했다면 누가 그것을 당신에게 설명해주어도 소용이 없다. 그러나 이것은 누구나 다 체험할 수 있는 것이다.

인도의 한 현자는 이렇게 말했다. "무지의 반은 사상의 교환으로 타개된다. 나머지 반은 철학의 원리로 걷어낼 수 있다. 그 나머지는 모두 자기 성찰의 빛 속에서 사라진다." 일단 한번 해보라. 그러나 미리 말해두지만, 이 방법으로도 여전히 불만이 남을 것이다.

2월 5일

언제든 좋으니 시험 삼아 잠시 비판을 멈추어라. 어디서든 선한 것이 있거든 힘닿는 데까지 고무하고 또 지지하라. 그리하여 속되고 악한 것은 허망하고 덧없는 것으로 돌리고 무시하라. 그리하면 당신은 좀더 기쁜 생활에 이를 것이다. 진정 모든 것이 여기에 달려 있는 경우가 매우 많다.

2월 6일

인간의 생애에는 신비로운 것이 많이 깃들어 있다. 그러므로 어떤 점에서 보면 완전히 진실한 전기(傳記)란 세상에 없고, 또 있을 수 없다고 주장할 수 있을 정도이다. 나는 내가 겪은 중요한 체험을 어떻게 있는 그대로 다른 사람들이 이해할 수 있도록 표현하는지 모른다.

한번은 병들어 잠들 수 없었던 어떤 밤에 그것이 사념 속에서 이루어진 일이 있다. 마치 완전히 다른 영혼이 글을 쓰고 있는 것 같았다. 다음날 아침 그것을 적어두려고 했더라도 아마 불가능했을 것이다.

2월 7일

"중요한 것은 정도(正道)를 걷는 것이다. 그렇게 되면 그 외의 모든 것은 저절로 생겨난다." 어떤 저술가가 한 말인데 이것은 정당하다.

또 이렇게도 말할 수 있다. 복음서가 성령이라고 부르는 것을 자기 삶 속에 끌어들이는 것이 중요하다. 그렇게 하면 성령이 앞으로 모든 것을 행한다.

그렇다면 더 나아가 이렇게도 말할 수 있다. 성경 이외의 모든 종교 서적을 잠시 덮어두자. 뿐만 아니라 성경에서도 그리스도의 말씀 외에 일체의 것을 제쳐두라. 그 외의 것은 은혜를 받는 데 필요치 않다. 때로 유용한 도움이나 자극이 될 수는 있지만.

2월 8일

대다수 사람들은 언제나 스스로 일하는 것을 피하고, 그 대가를 축적된 자본이라든가 여러 가지 유리한 결탁, 안락한 지위 같은 다른 사람의 노고에서 얻으려고 한다. 그러나 그렇게 함으로써 스스로 일하는 것보다 좋으냐 하면 그렇지는 않고, 오히려 훨씬 예속적이다. 이러한 이치를 일찌감치 깨달아서 스스로 일을 선택하고, 그리하여 이 세상에서 자유로운 인간이 되는 자는 극히 적을 것이다.

생활에서 불필요한 모든 것을 물리치려고 한다면 (올바른 성과를 얻으려면 이렇게 해야만 하는데) 그때 생기는 공허감은 일을 함으로써만 메울 수 있다. 많은 사람들이 이것을 본능적으로 느낀다. 그러나 사람들은 일에 열정을 가지지 않거나 그러려고 하지 않기 때문에 이 첫걸음을 내딛는 것을 두려워하여 세상의 낡은 인습에 머물게 된다.

2월 9일

인생에서 행복이란 고난이 적거나 없는 것이 아니라 이 모두를 빛나게 극복하는 데 있다.

힘은 약점을 극복하는 훈련에서 생긴다.

"어떠한 죄든 당신이 그것을 극복하면, 그 죄의 원기(元氣)가 힘으로 변모하여 당신의 내부에 들어온다."(로버트슨)

2월 10일

"너희가 여러 가지 시험을 만나거든 온전히 기뻐하라." 시련에 부딪혔을 때 사도의 이 가르침을 따른다는 것은 참으로 어렵다. 그 사도가 과연 큰 고난에 직면해서도 무한한 기쁨을 느꼈을지 약간 의심스럽기도 하다. 그리스도도 이렇게 기뻐하지는 않았다. 그러므로 언제나 이렇게 느낄 수 있는 사람은 이미 삶을 초탈한 것이며, 단지 시련에 지나지 않는 시련은 이제 그에게 아무런 목적도 가지지 않게 된다. 그러나 시련을 만난 대다수 사람들은 그런 말을 이해하지 못한다. 오히려 그런 말을 자신들의 고난에 대한 조소나 동정심의 결여로 보기도 한다.

이것과는 반대로 그들에게 정말로 기대할 수 있는 것은 막연히 사념에 잠긴다든가, 억울하다는 생각으로 비탄에 빠진다든가 하는 것이 아니다. '도움이 오는 산을 바라보고' 짧게 탄식하며 '주여, 굽어보소서'라고 말하는 것이다. 이것은 어느 정도 도움이 된다. 뿐만 아니라 마음이 차분히 가라앉아 심사숙고할 만큼 되면 생각했던 것보다 빨리 기적적으로 종말을 고한 과거의 많은 시련을 돌아볼 수 있고, 마음을 굳게 먹는 데도 도움이 된다.

개인이든 민족이든 필요 이상으로 오랫동안 시련을 받는 일은 결코 없다. 어떤 시기가 오면 그 후의 모든 시련이 무의미해지고, 따라서 시련이 끝나기도 한다. 앞으로 더 올 것은 심판뿐이다. 오늘날 많은 사람들이 이 길 위에 있다.

2월 11일

내적 진보에는 두 가지가 필요하다. 즉 우리에게 말을 건네는 목소리와 그것을 들을 수 있는 귀다.

우리의 영혼과는 전혀 다른 사고를 하는 영혼의 지도적인 배려를 믿을 만한 근거가 없다 하더라도, 다음과 같은 경험이 그것에 해당하는 것이 아닌가 한다. 즉 나의 내적 생활에 중요한 의의를 가진 책은 모두 '우연히' 만난 것이었지, 내가 찾아낸 책에서는 배운 것이 전혀 없었다. 그것은 아마도 책에서 배울 만한 것이 아무것도 없어서가 아니라, 그것을 받아들일 적절한 시기가 되지 않았기 때문일 것이다.

2월 12일

　　　　갖가지 모순과 대립이 있지만, 그래도 결함투성이인 지상에서 행복과 기쁨을 얻을 수 있다는 것을 대다수 사람들이 예감조차 못 하고 있다.

가난한 사람들은 자신의 가련함에 마음을 빼앗기고 근심의 구름이 눈앞을 가려 결코 하늘을 쳐다보지 않는다. 부유한 사람들은 진실로 행복해지려면 반드시 지나야 할 바늘구멍을 절대로 지나가지 않는다. 신앙을 기피하는 사람들은 그들에게 비난의 동기를 제공하는 신앙인들의 언동에 늘 반감을 가지고 있다.

보통 사람들은 행복과 기쁨이 전혀 없는 곳에서 그것을 얻고자 한다. 그러나 이 세상의 모든 것을 경험한 사람들은 입을 모아 이렇게 말할 것이다. 그래도 이 세상은 결코 슬픔의 계곡이 아니다, 라고.

이 세상에서 가장 애처로운 것은 늙어서, 또는 모든 것을 잃고 지난날을 회고하며 '더 잘할 수 있었는데' 하고 생각하는 것이다. 이것이 오늘날 사람들의 운명이다. 교양 있는 사람들도 마찬가지다. 이것을 당신의 운명으로 삼지 않기를.

2월 13일

　　　　무릇 일어나는 것을 그대로 받아들이고, 많은 것을 근

심하지 않고, 다만 열린 문을 지나갈 수 있을 때 인생은 행복해지기 시작한다. 그때까지는 커다란 고난이 따르고, 때로 평온하다 해도 거의 자기기만과 결부되어 있다.

우리는 많은 재능을 가지고 있어도 무관심한 친구보다 결점은 있어도 우리를 진심으로 신뢰해주는 친구를 더 사랑한다. 이러한 친구를 위해서는 무엇이든 다 내어줄 마음의 준비가 되어 있지만, 그렇지 않은 사람들을 위해서는 그럴 수가 없다.

2월 14일

언제나 진실만을 말한다는 것은 진지하게 마음먹었을 때에도 결코 쉬운 일이 아니다. 거짓말이 상당히 집요하게 우리 생활에 스며들어 있기 때문에 사람들은 대부분 아무런 목적과 효과도 없는 독백이나 기도 같은 내밀한 일에서도 진실하지 못하다.

이것과는 반대로 다른 사람의 거짓말은 쉽게 알아내고, 그 거짓말이 자기에게 아부하는 것이거나 유리한 경우에만 믿는다.

저 교양 있는 로마인*의 회의적인 부르짖음은 그대로 오늘날 교양 있는 계급의 심정이다. 그들은 인류 역사가 계속되어온 지금까지 이 세상의 어떠한 학문이나 철학도 오류 없는 참다운 진리를 가져다주지 않았다는 것을 잘 알고 있다. 그렇기 때문에 그때그때 개개의 진리가 아니라 진리 그 자체를 얻고자 하는 사람은 그 자체로 진리를

---

* 유대 총독 빌라도를 가리킨다. 그는 예수에게 진리가 무엇이냐고 물었다.

증명하며, 그것이 이 세상에서 역사적이고 유일무이한 과제였던 분에게 자기를 결부시키는 것 말고는 다른 방도가 없을 것이다.

이 증명이 과연 사람을 온전히 만족시킬 수 있는지 어떤지는 스스로 시험해볼 수 있다. 그 사람은 자기 감정을 통해 그것이 진리임을 확실하게 증명할 것이다.

그러나 이것을 아직 한 번도 진지하게 시도해보지 않았고, 또 그런 노력조차 하지 않는 사람은 이것에 대하여 논쟁할 권리가 없다. 그 사람은 자기가 모르는 것을 주장하는 셈이 되는 것이다.

2월 15일

보이지 않는 세계를 '믿고' 걷는가, 아니면 일상의 세계를 '보고' 걷는가에 따라서 인생은 아주 다른 모습을 보인다. 사람은 똑같은 외적 상황에 절망할 수도 있고, 편안함을 느끼며 행복할 수도 있다.

2월 16일

만약 하나님에 대한 믿음 없이 변하기 쉬운 자신의 힘이나 믿을 수 없는 인간의 도움에만 의지하고, 또 삶의 낙이라 생각하는 것밖에 모르고, 따라서 생활의 반은 공포로, 반은 기분 전환과 무신경으로 일관한다면, 노년에 접어들어 쇠퇴하기 시작한 연후에는 어떻게 살아갈지 이해할 수 없다.

나라면 하나님을 믿지 않으니 차라리 우상이라도 섬기겠다.

현대의 한 계율파 유대인*이 개혁파 유대인**으로부터, "유대교의 많은 계율을 무거운 짐이라고 생각하지 않는가? 그것을 좀더 가볍게 할 수는 없을까?"라는 질문을 받았다. 그에 대한 훌륭한 답은 이러했다. "그것은 확실히 무거운 짐이다. 그러나 그것은 전장에 나간 병사의 총이나 무거운 탄약상자와 같기 때문에 몸에서 내려놓고 싶지 않다."

하나님의 명령은 확실히 (자기 뜻대로 살고 싶어 하는 사람에게는) 무거운 짐이다. 그러나 이것은 다른 데서는 얻을 수 없는, 또 다른 것으로는 잇기 어려운 영혼과 육체의 축복으로 연결된다. 이것은 미래의 의학이 새롭게 다뤄야 할 것이다.

어쨌든 아무리 높은 지위에 있다 하더라도 누구도 모든 제약과 계명에서 해방되어 자기 뜻대로만 살아갈 수 없다. 하나님을 따르지 않는 사람들은 대개 그만큼 더 인간의 노예가 된다. 살아 있는 진실한 신앙은 끊임없는 기쁨을 수반하기 때문에 하나님의 명령은 결국 가벼운 것이다. 그러나 인간의 명령은 이러한 기쁨이 결여되어 있기 때문에 오히려 무겁다.

---

* 계율파 유대교는 유대교 정당파로서 구약성서의 율법을 중요시하고, 《탈무드》를 구약성서 다음으로 여긴다.

** 개혁파 유대교는 19세기 중엽 독일에서 일어났다. 예언자적 정신을 부흥하여 메시아 사상을 인류 구원의 근본 사상으로 삼으며, 편협한 선민사상을 버리고 《탈무드》의 필요를 인정하지 않는다. 1869년 필라델피아 회의를 거쳐 희생제도, 사제 계급, 팔레스타인 복귀 등을 모두 부정하며 토요일 안식일 제도를 폐지하고, 율법 준수에서 개인의 자유를 인정한다. 현대의 유대교는 전통적 보수파와 개혁파, 그 중간을 걷는 중도파로 나뉜다고 할 수 있다.

이것은 누구나 정직한 마음으로 실행해보면 그 옳고 그름을 알 수 있다.

2월 17일

남에게 부당한 일을 당했을 때 그것을 깊이 생각하는 것은 언제나 해로우며, 이로울 것도 없다. 가장 좋은 것은 그 생각을 빨리 떨쳐버리고 그 때문에 기운을 잃지 않는 것이다.

진실로 정직한 사람들은 그들이 언제나 가치 이상으로 존중받고, 그들이 응당 받아야 할 괴로움을 받지 않는다는 것을 은근히 고백하지 않을 수 없을 것이다.

2월 18일

하나님의 '사랑'이야말로 진정 우리를 감동시키고, 유일하게 우리 마음을 사로잡는다. 하나님의 '노여움'은 그렇지 않다. 여기에 대해 반발하는 사람은 이렇게 항의한다. "그렇다면 당신은 왜 우리를 창조하여 이렇게 어려운 처지로 내모는가?" '아버지의 사랑'도 그렇지 않다. 아버지의 사랑에 대하여 우리는 꼭 좋은 추억만을 가지고 있지는 않다. 또 구약성서에서 말하는 '신랑의 사랑'도 그렇지 않다. 우리로서는 이것을 이해하기 힘들다. 이것들은 모두 표현할 수 없는 것에 대한 불완전한 비유이다.

그러나 위대한 하나님의 친절과 사랑, 언제나 관대하고 진실하며 아무것도 덧붙이거나 묵과하지 않고, 아주 자그마한 선도 살피고 구원하려는 태도야말로 우리가 하나님에게서 바라고, 또 얻을 수 있는 것이다.

2월 19일

살아오면서 나 자신은 좋아하지 않았어도 남이 권해서 한 일은 거의 다 좋은 성과를 얻었지만, 내가 매우 좋다고 생각해서 한 일은 도리어 별로 좋지가 않았다.

2월 20일

적지 않은 사람들이, 특히 부인들이 천직을 잃어버리고 있다. 오늘날에는 그럴 수밖에 없다고들 생각한다. 현재 상태로는 여성들을 받아들일 여지가 없기 때문이다. 그렇기 때문에 향락, 예술과 예술가에 대한 강렬한 열정, 사교 모임, 현대적인 교양 등 어떠한 대용품도 이 결함을 해소할 수 없다. 이 경우 영혼을 만족시켜주는 것은 진지하고 신실한 신앙심뿐이다. 여성들의 생활이 음정을 벗어난 소리로 끝나지 않기를 바란다면 반드시 신앙심을 가져야 한다.

2월 21일

인간사에서 큰 위안이 되는 것은 남을 더 잘 알게 되면 그들이 보통 평판보다 훌륭한 사람이라는 점이다.

2월 22일

어떠한 고통이라 할지라도 거기에 죄악이 섞여 있지 않다면 견뎌낼 수 있다.

2월 23일

괴테의 궁극적 인생관이었고 또 그를 숭배하는 사람들의 인생관이기도 한 불가지론(不可知論)이 오늘날 순수 유물론을 믿지 못하는 교양인들 사이에 널리 퍼져 있다. 이 불가지론에 관하여 칼라일의 전기에 음미할 만한 말이 적혀 있다.

"불가지론은 최고의 빵을 만들 수 있는 가장 좋은 밀가루처럼 보이지만, 실제로 만들어보면 유리가루에 지나지 않는다."

이것은 정말 진리이다. 사람은 불가지론으로는 살 수 없다. 이 학설은 다만 보기에 아름답고, 자기를 기만하는 데 좋을 뿐이다. 칼라일 자신도 이것을 완전히 넘어서지는 못했다.

"희망과 사랑은 결코 성취될 수 없는 완전의 영역을 향하여 소리지르고 있다. 그러나 이것을 마음속에 굳게 간직하고 있을 때 인생의 소금이 되고 지팡이가 된다."

2월 24일

우정과 사랑은 그 관계가 가장 좋은 경우에도 곧잘 일어나듯이, 고상한 향락에 빠져서는 안 된다. 언제나 서로의 내적 진보를 염두에 두어야만 한다.

갑작스러운 내적 진보는 강렬한 정신적 동요에 의해서만 일어난다. 그러므로 그러한 진보를 바란다면 정신의 동요를 두려워해서는 안 된다.

2월 25일

위를 우러러보는 순진하고도 정직한 사랑의 눈동자는, 그것을 받아들이는 자에게는 아무리 아름다운 기도보다도 더 가치 있다. 우리도 어린아이와 어린 짐승의 그런 인상 깊은 눈동자를 어떤 아름다운 글보다도 더 사랑한다.

2월 26일

인간의 모든 성질 중에서 가장 좋은 것은 성실이다. 성실은 다른 모든 성질을 보충하지만, 그 자체는 아무것도 보충해줄 수 없다.

유감스럽게도 이 성질은 인간보다는 동물에게서 더 자주 볼 수 있다. 따라서 인간은 이 점에서 동물보다 우월하지 않다.

일반적으로 인간은 고등동물보다 은혜를 모른다. 그러므로 다른 사람의 감사를 기대하지 않는 것이 좋다. 그러나 당신은 언제나 명예로운 예외자가 되도록 하라.

배은망덕의 가장 보편적인 형태는 방문이라든지 여러 가지 의례적인 인사로써 그 의무를 다했다고 생각하는 것이다. 군주국가에서는 훈장 수여라는 형식으로 행해지는데, 그로 인해 관계가 오히려 역전

되기도 한다. 이와 같이 값싼 보답은 가능한 한 피하고, 오히려 빌려 준 채로 그대로 있는 것이 낫다.

2월 27일

어떤 일을 완전히 극복하지 못했다는 것은 그 일을 달 갑게 여기지 않거나 이야기하고 싶어 하지 않는 것으로 알 수 있다. 그러나 그것을 극복하면 처음에는 미움도 노여움도 없이 무관심해 지고, 마지막에는 유쾌한 승리의 감정이 일어난다.

그러므로 진지하게 한번 경험해보라. 그러면 당신이 곤란하다고 생각하는 모든 것이 틀림없이 종말을 고할 것이다.

2월 28일

'내적 투쟁'이란 인간이 자신의 의지와 반대되는 하나 님의 명확한 의지에 맞서는 투쟁이다. 우리는 그때 하나님의 의지를 꺾어 우리의 의도에 찬성하게 만들 수 있다고 생각한다.

3월

3월 1일

　　이기주의는 종교와 일치하지 않는 것 중에서도 으뜸가는 것이다. 그러므로 우리가 어떤 것이라도 정당하게 마음 편히 가지고 싶다면 그것을 한 번은 (내적으로뿐만 아니라 외적으로도) 내어주고 하나님에게서 새로이 되받아야 한다. 재산, 명예, 건강, 일하는 힘, 가정, 삶의 기쁨이 그렇다. 목숨도 예외가 아니다. 만약 이렇게 하여 하나님에게서 되받지 않는다면 이 모든 재보가 오히려 우리를 파멸로 몰아넣을 수 있다. 이것이 이른바 '시련'의 의미이다. 그것은 우리가 자발적으로 그 일을 하려고 하는가, 또 할 수 있는가를 시험하는 것이다.

　이러한 시련은 단호하고 선한 의지가 생기지 않는 한 그 역할을 다했다고 할 수 없으며, 하나님이 자비로우시다면 거기서 끝날 리 없다. 인간이 불평을 그치지 않아서 하나님이 시련을 빨리 끝낸다든가, 또는 그 사람을 그냥 내버려둔다든가 하면 그것은 참으로 좋지 않은 징후이다. 그는 하나님에게서 버림받은 사람으로 확실한 파멸로 향하게 된다. 그럼에도 그들을 이 세상에서 행복한 사람이라 생각하고, 또 그들도 스스로 그렇게 생각한다. 그러나 눈을 떴을 때는 이미 늦었다.

3월에 내리는 눈

겨울이 가고
봄은 아직 오지 않았네.
생명과 대기와 빛을 찾아
내 마음 죽을 것만 같네.

내 모든 사념
깊은 억압에 싸여
고뇌와 근심, 무거운 일의
멍에가 나를 괴롭히누나.

대지는 낡은 고뇌로
나를 억누르고
꽃을 꿈꾸며 봄을 노래하면
새로 흩날리는 눈꽃송이.

그러나 눈에 묻혀
초록의 새싹이 움터 나오네.
주여, 당신의 은밀한 뜻은
기어이 이루어지고 말리니.

3월 2일

　　꿈은 어떤 사람의 본질적인 삶의 내용을 보여주는 표징이다. 꿈이 육체적인 일에만 관계하지 않고 더 나아가 정신적인 것이 되기 시작하면 그것은 좋은 징조이다. 이 단계에 이르면 하나님의 작용에 대하여 이야기할 자격이 생긴다. 그때 하나님의 작용을 간과해서는 안 된다.

　환상은 꿈과 전혀 다르다. 즉 환상은 내적으로 보는 것(또는 듣는 것)의 일종으로, 각성 상태에서 아주 뚜렷하게 일어나는 현상이다. 이것은 언제나 진지하다.

　기쁘고 활기찬 것은 이것과는 좀 다르다. 그것은 정신의 소산이 아니라 자연적 억압으로부터 정신을 고양시키려는 것으로 인생의 가장 큰 기쁨 중 하나이다. 이러한 기쁨은 우리의 사상을 내면화함으로써, 또 하나님에게 확고히 매달림으로써 어느 정도 환기할 수 있다.

3월 3일

　　어떤 경우에도 하나님의 인도를 굳게 믿을 수 있고, 〈요한복음〉 15장 7절[1]에 있는 것을 현실에서 종종 체험했다면, 지상에서 겪는 가장 큰 고난과 불안, 공포가 저절로 사라지고, 인생의 모든 곤란은 신앙을 다지기 위한 단련이 될 뿐이다. 더구나 이러한 단련은 지상에서 가장 생생하고 행복한 승리로 끝난다.

1　"너희가 내 안에 거하고 내 말이 너희 안에 거하면 무엇이든지 원하는 대로 구하라. 그리하면 이루리라."

만약 내가 '나그넷길 반 고비'*에 인생을 꿰뚫고 인도하는 아리아드네의 실**을 결연히 잡고, 어떠한 경우에도 그것을 꼭 붙들고 있지 않았다면 아마도 나는 반쯤, 아니면 완전히 실패한 생애를 보냈을 것이다.

3월 4일

건강하지 않으면 훌륭한 일을 할 수 없기 때문에 무엇보다도 건강이 가장 중요하다는 의견을 그대로 받아들여서는 안 된다. 이것은 오늘날 많은 사람들의 미신이다. 먼 옛날에는 어느 정도의 허약함을 천재적 독창성의 표지로 알고 건강함을 오히려 '범용'으로 보았는데, 지금은 반대로 육체를 지나치게 걱정하고 있다.

허약함은 좋은 일을 하는 데 아무런 방해가 되지 않는다. 위대한 업적을 이룬 사람들은 병약자들이었다. 더욱이 건강함은 꼭 그렇다고는 할 수 없지만, 섬세한 정신의 결여를 초래하는 일이 실제로 종종 있다. 당신이 건강하다면 하나님에게 감사하라. 그러나 당신이 건강하지 않다면 너무 걱정하지 말고, 가능한 한 거기에 구애받지 않도

---

* 원문은 "Nel mezzo del cammin di nostra vita". 이탈리아의 세계적인 시인 단테의 《신곡》 첫머리에 나오는 구절이다. 〈시편〉 90편 10절 "우리의 연수가 칠십이요, 강건하면 팔십"이라는 구절에 따라 유럽에서는 70세를 사람의 한평생으로 보았다. 그러므로 '나그넷길 반 고비'는 35세가 된다. 단테의 이 구절은 그의 나이 35세를 의미한다. 힐티는 여기에서 그의 나이 30세에 응용하였다.

** 아리아드네는 그리스 신화에서 미노스 왕의 딸로 나온다. 아테네의 젊은 남녀를 제물로 받아먹는 괴물을 퇴치한 용사 테세우스는 아리아드네 공주가 준 실을 따라 미궁을 무사히 빠져나올 수 있었다. 힐티가 말하는 아리아드네의 실은 하나님의 인도를 뜻한다.

록 하라. 건강하기 위해서 산다는 생각은 교양 있는 사람에게는 어울리지 않는 것이라고 생각하라.

3월 5일

언제나 바르고 착한 사람이 되도록 하라. 세상은 분명 그런 사람을 알아줄 것이다. 세상은 결코 보는 눈이 없지 않기 때문이다.

'오해받는 자'는 실제로 그런 사람이 아닌 경우가 대부분이며, 그 외의 '오해받는 자'도 오해가 영원히 계속되지는 않는다. 언제까지나 오해를 받는 일은 없다. 적어도 나는 역사적으로 그러한 실례를 보지 못했다. 또 살아오면서 아직 그러한 예를 본 적이 없다.

3월 6일

생활의 권태는 결코 좋은 징후가 아니다. 권태를 느끼는 사람은 육체적이든가 정신적이든가 틀림없이 무엇이 결여되어 있다. 그러한 사람은 권태를 용납하지 않는 하나님과 긴밀한 관계를 맺고 있지 않든가, 아니면 하나님을 전혀 믿지 않는 경우이다. 정신적으로 뛰어난 사람들이 때때로 권태를 느끼는 것은 매우 자연스런 일이다. 왜냐하면 그들은 자신의 자아든 일에서든 완전한 만족을 얻기가 힘들기 때문이다. 더구나 그들이 뛰어나면 뛰어날수록 만족하는 부분이 점점 더 작아진다.

권태로운 사람은 노년이 정말로 행복할 수가 없다. 실제로 그런 사람이 노년에 우울함과 조급함, 분노 속에서 살아가지 않는 경우를 한 번도 본 적이 없다. 그런데 이것은 인생의 이면을 간파할 수 있고, 또 사실을 될 수 있으면 숨기는 게 보통인 '전기'를 절대로 믿지 않는다는 점을 전제로 하고서 말이다.

3월 7일

힘닿는 데까지 유익한 일을 멈추지 않는 것은 언제나 하나님 가까이 있는 것을 제외하고 인생에서 경험할 수 있는 가장 좋은 일이며, 또 가장 만족스런 일이기도 하다. 이 근본 법칙을 생활 속에서 터득하고 나면, 과도하고 불필요하며 신경질적인 일을 실수 없이 재빨리 피할 수 있다.

3월 8일

교회와 국가 간의 모든 분쟁은 교회가 이념적으로는 옳지만 실제로 그에 걸맞은 모습을 보여주지 못하고, 현실에 상용될 수 없는 것을 요구하기 때문에 일어난다. 이상적인 교회라면 자기와 완전히 같은 정신을 가진 사람이 이끄는 어떤 국가라도 머지않아 교회 정신으로 충만하게 하여 서로 융합할 것이다.

3월 9일

진리와 영원한 생명에 이르는 길은 오늘날 유물주의와 미신이라는 두 가지 죽음의 심연 사이를 지나가야 하는 매우 좁은 길이다. 이 길을 헤쳐가려면 처음은 물론이고 거의 대부분 신앙에 의지하지 않으면 안 된다. 하나님의 현실적이고 효력 있는 인도 없이는 이 길을 지나갈 수 없다. 그 같은 인도에 대한 신앙이 특히 필요하다. 괴테의 불가지론만으로는 아무래도 안 된다. 또 위대하지만 완전한 만족을 주지 않는 칼라일의 말도, 칸트의 강력한 합리주의도 현대의 현실주의에 맞서 이상주의로 인도하는 한에서는 처음 얼마 동안만 괜찮을 뿐이다.

이런 여러 가지 어려움 속에서도 머지않아 많은 사람들이 올바른 길을 찾고, 또 그것을 발견할 것이다.

3월 10일

이 세상에 적어도 보기에는 벌을 받지 않고 지나가는 많은 부정이 있다는 것은, 사려 깊지 않은 사람들이 정의로운 하나님이 살아 있다는 것을 믿는 데 방해가 된다. 어떠한 부정이든 틀림없이 양심의 가책이 따른다는 것은 증명할 수 없는 문제이니 잠시 차치해두고 내가 말하고 싶은 것은, 내적 징벌의 결여는 이 세상에서 일체의 계산이 끝나는 것이 아니라 그 다음 삶이 있다는 결론을 정당화한다는 것이다. 만약 이것이 사실이 아니고, 또 하나님이 실재하지 않는다면, 이 세상에는 부정도, 부정에 대한 의식도 없고, 인간은 태어나면서부터 한결같은 자연의 본능을 지니고 숲속의 짐승들처럼 서로 빼앗고 죽일 것이기 때문이다. 그러므로 하나님의 의로움을 믿지 않는 사람들은 이성에 대하여, 인류에 대하여, 하나님에 대하여 무거운 죄를 짓는 것이다.

3월 11일

　　건강하게 살고 싶다면 희열을 느껴야 한다. 그러므로 무슨 일이든 올바른 희열을 느끼도록 하라. 현명한 사람이라면 영속적이고 언제든 얻을 수 있으며, 절대로 부정하지 않고 자책이나 후회를 남기지 않는 희열을 구해야 한다. 그런데 대부분이 느끼는 희열은 자책이나 뉘우침을 안고 있다.

3월 12일

　　아침부터 저녁까지 언제나 하나님의 의지대로 행하라. 그리하면 당신은 지상에서, 톱니바퀴 같은 생활의 미로에서 당신을 천국으로 이끌어주는 아리아드네의 실을 손에 쥐게 된다.

　하나님의 의지가 당장 명백하지 않을 때에도 그것을 찾고 구해야만 한다. 그렇게 하는 과정에 이미 축복이 깃들어 있다.

3월 13일

　　아무리 행복한 삶이라도 시련과 근심이 많은데, 이것을 견디기 어려운 짐으로 보는가, 아니면 자신을 단련시키기 위해 하나님이 주신 기회라고 보는가? 여기에는 커다란 차이가 있다. 모든 것은 그 차이에 달렸다.

희망

십자가는 무겁다, 그러나 이상하다.
네가 그것을 메자
그것이 너를 끌고 간다.
처음은 암흑이다.
그러나 그 끝에
대낮이 기다리고 있다.
거기에 이르는 길의 이름은 '단행'.

우리의 힘은 미약하지만,
네가 의지하는 주님의 힘은 위대하다.
너의 별은 깜깜한 밤에 반짝이고 있다.
오늘은 죽음이지만 내일은 삶이다.

3월 14일

      단테의 《신곡》〈연옥〉편 제21곡 58~69행[*]을 보라. 당신이 선한 길을 걸으려고 할 때, 온전히 자유로운 의지로 이 길을 갈 준비를 하는 것이 당신이 가장 먼저 해야 할 숙제이다. 당신은 아직도 바르고 진지하게 부딪쳐간다는 것에 대해 일종의 혐오를 느낄 것이다. 그리하여 많은 사람들이 그렇듯이, 종교적 사업과 외적인 의식 또는 종교적 회합 따위에서 만족을 얻으려고 할 것이다. 실제로 이러한 것들이 선한 길을 가려는 사람들을 가로막고 있다.

만약 당신이 이 점에서 아주 성실하다면 결국에는 당신의 의지가 자유롭고, 당신이 진정으로 선을 바라고 이것에 반대되는 것을 기꺼이 배척할 수 있음을 명확히 자각하게 될 것이다.

그렇게 되면 달력에 있는 당신의 지난 생일을 지워버려야 한다. 그날이야말로 영원한 생명에 이르는 당신의 새로운 생일이다.

---

* 《신곡》〈연옥〉편 제21곡 58~72행.

> 어느 영혼이 저의 깨끗함을 느껴서
> 일어나거나 위로 오르려 하면
> 여기가 울리고 이런 고함이 뒤따르느니라.
> 깨끗함을 증명하는 것은 의지뿐인데
> 오롯이 자유로운 그대로 이것이 영혼을 깨워
> 그 벗을 갈게 하고
> 이리 되기를 기쁘게 해주느니라.
> 처음부터 이 영혼이 이 의지를 품으나
> 그전에 죄를 좇던 그대로
> 이제는 하나님의 정의를 따라
> 책벌을 구하는 소원이
> 이 의지를 거스르느니라.
> 나도 오백 년 넘게 이 괴로움 속에 누워 있었어도
> 이제 바야흐로 더 나은
> 문지방으로의 자유로운 의욕을 맛보게 되노라.
> 그러하니 너 지진 소리와 산 위의 경건한
> 영혼들이 주님을 찬미함을 들었으니
> 바라건대 주님께서는 한시바삐 저들을 들어올려주소서.

이것은 스타시우스가 비르질리오와 단테에게 선의지의 승리를 이야기하는 대목이다. 선의지가 승리하자 연옥의 산들이 기뻐하며 크게 울렸다고 묘사한다. 선의지의 승리는 단테가 진지하게 파고들었던 주제로 힐티도 이 책에서 자주 다루고 있다.

3월 15일

하나님은 당신을 위하여 은총을 베풀 날을 기다리고 있다. 그러므로 당신은 결코 걱정한다든가, 장래의 계획을 세운다든가 하는 일로 귀중한 시간을 낭비해서는 안 된다. 하나님을 믿고 하나님의 길을 걸으려고 노력한다면 만사가 저절로, 당신이 생각하는 것보다 훨씬 더 잘 풀릴 것이다. 그리하여 삶이 대단히 편안해질 것이다. 다가올지 모르는 불행을 근심하는 것은 견뎌내지 않으면 안 되는 현실의 불행보다 더 많이 사람의 힘을 소모시키기 때문이다.

불행은 외적인 수단이나 노력으로 극복할 수 있지만, 근심은 하나님에 대한 굳센 믿음이 아니면 근본적으로 넘어설 수가 없다. 이것은 누구나 다 경험할 수 있다.

그런데 신앙심 깊은 사람들 가운데 아직도 끊임없는 근심 속에서 생활하고, 특히 지상의 재물에 대하여 세상 사람들과 견해를 같이하는 이들이 있다. 이 점은 제외한다 하더라도, 오늘날 경건한 마음을 갖고 그러한 부류에 속하는 부유하고 신분 높은 그리스도인이 대단히 많다. 이러한 사람들 곁에서 하나님이 잠시 기다린다는 것은 명확한 은총의 증거라고 하지 않을 수 없다. 왜냐하면 하나님과 재물에 동시에 의지할 수 없기 때문이다. 어느 쪽이든 어느 하나가 마음속에서 자리를 양보해야 한다. 거기에는 어떤 '타협'의 길도 없다.

3월 16일

신앙은 그 자체로 이미 하나의 행복이다. 모든 것을 얻을 수 있다는 굳건한 믿음은, 비유하자면 나무에 피는 꽃과 같아서, 나중에 손에 쥐고 먹을 수 있는 과일보다 더 사람들이 바라는 이상적인 요구를 충족시켜준다.

이것은 또 미래에 생각할 수 있는 모든 행복과 비교해보아도 지상의 아름다운 꽃이다. 세상을 떠나면 이 행복은 사라질 것이다. 이러한 행복을 한 번은 경험해야 한다. 때늦은 후회는 천국에 어울리지 않을 것이다.

"당신이 이 순간 내쫓아버린 것은 영겁도 되돌려주지 않는다."[2]

모든 행복 중에서 가장 아름다운 순간은 소유하는 순간이 아니라 소유하기 직전이다. 즉 우리의 희망이 거의 성취되어 그것이 확실하게 나타날 때이다. 이것을 가장 잘 보여주고 있는 것이 이피게네이아의 더없이 아름다운 독백이다.

"성취여, 가장 위대한 아버지의 가장 아름다운 딸이여, 이리하여 너는 드디어 나에게로 내려왔도다."[3]

3월 17일

자기 생각, 자기 의견을 가진 사람이 좀더 많다면 세상이 얼마나 좋아질까. 그런 사람들은 반대 의견을 가지고 있다 하더

---

2 프리드리히 실러의 시 〈체념〉의 한 구절.
3 괴테의 희곡 《타우리스의 이피게네이아》 3막 1장에서 여주인공 이피게네이아가 독백하는 구절.

라도 그 의견이 옳지 않음을 이해시킬 수 있지만, 단순히 부화뇌동하는 사람은 스스로 생각하려고 하지 않기 때문에 어쩔 도리가 없다.

로크는 이것을 약간 다르게 말하고 있다.

"세상에는 옳지 않은 의견이 우리가 상상하고 있는 것만큼 많지는 않다. 왜냐하면 사람들은 대부분 자기 의견을 거의 가지지 않고, 남의 의견이나 평판, 소문 따위에 만족하기 때문이다."

당신은 이러한 부류여서는 안 된다.

3월 18일

그리스도교가 인간 영혼의 깊은 요구에 부응하지 않았다면 오랜 세월 동안 인정받고 실천되기는 거의 불가능했을 것이다. 실제로 오늘에 이르기까지 1500년 이상 이어져왔다. 그리스도교가 그 실천에서 어느 정도 결함이 있다 하더라도, 현실에서 여전히 가지고 있는 이만큼의 세력을 이슬람교나 불교 또는 세계적인 윤리학이나 철학 등에서 얻을 수 있을 거라고는 사실 누구도 믿지 않을 것이다.

그러므로 그리스도교의 장래를 걱정하거나 오늘의 적을 두려워할 이유가 없다. 그리스도교는 여태까지 강력한 공격을 견뎌왔으며, 또 앞으로 어떠한 철학 체계보다 더 오래 지속될 것이다.

3월 19일

매일 아침 눈을 뜨면 하나님에게 감사하라. 착한 일을 할 수 있는 기회가 당신에게 주어진 것을. 그리고 온종일 그 기회를 위하여 눈을 뜨고 있으라.

3월 20일

　　　　나는 지금까지 분노에도, 증오에도 빠진 일이 없다. 언제나 급박한 사건을 처리하기 위하여 이러한 감정을 버릴 수밖에 없었다. 그렇지 않은 경우에 그러한 감정은 곧 나의 사념에서 제거되었다. 그리하여 나는 끝끝내 이 감정을 버리고, 다른 사람의 공격을 거의 느끼지 않고 수동적으로 대항하는 데 그치는 습관이 들었다.

3월 21일

　　　　사람들의 생애에서 볼 수 있는 증오의 대부분은 질투나 거절당한 사랑 때문이다.

　하나님 쪽에 뚜렷이 서서 본다면, 이러한 감정은 정말 벌을 받아야 한다. 그러나 그런 상상은 하지 않는 것이 좋다. 이것과는 반대로 어떤 강력한 손이 모든 방면에서 여러 가지 재앙을 초래하여 적을 부추기며 벗을 냉담하게 만들거나 등을 돌리게 만드는 듯 보이는 경우가 종종 있다.

　그렇지만 이익이 손실보다 훨씬 크다. 영혼이 언젠가 "하나님 외에 하늘이나 땅에서 또 무엇을 구하리오"라고 고백하게 된다면 그 영혼은 이미 목표에 도달한 것이다.

3월 22일

　　　　자기가 사는 사회에서 조금 앞서가는 자만이 인기를 얻고 세상 사람들에게 사랑을 받는다. 이러한 사람들은 살아 있는 동안 큰 영향력을 끼치며 가장 많은 행복을 누린다. 그러나 죽은 뒤에는 사정이 달라진다. 그들이 받아야 할 보상을 이미 다 써버린 것이다.

　사람들은 대부분 남들이 생각하는 것보다는, 또 그들이 말하고 싶어 하는 것보다는 위대하고 선한 사상을 더 쉽게 받아들인다. 다만 그것이 귀찮기 때문에 선한 사상을 언제나 자기들 수준으로 끌어내리려고 한다. 그러나 선한 사상이 엄연히 본분을 지키며 동하지 않으면, 하는 수 없이 이것을 시인하게 된다. 그런데 선하고 올바른 일을 남들이 쉽게 받아들일 수 있도록 절도와 상식을 가지고 주장하는 것은 매우 힘든 일이다. 더구나 이것은 하나님의 은총으로 이루어지는 일이 아니며, 자기 힘만을 믿는 자들이 결코 할 수 없는 일이다.

3월 23일

　　　　어떠한 욕심도, 어떠한 향락도 더는 모른다는 것은 그야말로 근사한 일이다. 그렇게 되면 날마다 어떤 새로운 것이 나타난다. 인간에게 본래 있었던 노여움은 사라져버린다. 이제 내가 무엇을 구하지 않더라도 바라는 것들을 남들이 다 들어준다. 오랫동안 싸워보았지만 어떻게 할 수 없었던 많은 결점들이, 마치 말라붙

어 가지에 붙어 있을 힘조차 없는 마른잎처럼 떨어져 바람에 날려
간다.

3월 24일

탄식

어서 오소서, 은혜를 품고,
주여, 내 가슴의 안식이여.
인도하소서, 숭고한 종말로,
빨리 나를, 이런 나를.

나에게는 이미 지나간 이 세상,
즐거움도 오히려 서러운 것.
사념의 날개는 움직이지 않고
노고의 길에는 가시 있나니.

악이 깃들였음을 어이하리까.
늪을 이룬 괴로움을 어이하리까.
주여, 나타나셔서
얽혀 있는 이 끈을 풀어주소서.

당신의 사랑은 강력한 것을.
당신의 우정은 강력한 것을.
두 분의 주님을 어이 모시리.
이 세상이 나에게 적이 될 것을.

이 길은 버릴 수 없는 것.
저 길은 이미 잃어버린 것.
그러나 새로운 세상의 힘을 품고서
붙잡지 않을 수 없네.

앞으로 나아가면 나의 괴로움.
뒤돌아설 수도 없는 것이니,
속 태우며 기다리는 새 아침과
당신이 베푸는 은혜의 빛을.

기쁨도 없이 암흑의 길을
아직도 얼마나 가야 하는가.
주여, 나의 탄식을 들어주소서.
새로운 날을 보내주소서.

3월 25일

거짓 평안과 참된 평안

주여, 당신의 백성이
가슴 깊이 품은 평안은
황금의 잔과도 같지만
그 속에는 고통이 넘치나이다.

우리네 인생길은
휴식을 위한 것이 아니라
여기에서 휴식을 바라도 소용없는 일.
쉬는 자는 멸하리라.

인생은 처음부터 엄숙한 것,
희롱하며 지낼 곳은 없나니.
단지 하나 있는 휴식은
큰 목표를 향한 확실한 인식뿐.

주여, 제 소원을 들어주소서.
이제 평안을 바라지 않겠나이다.
평안을 탐내지 않겠나이다.

저에게 용사의 힘을 주소서.

여기 적들 한가운데서
어렵게 투쟁하게 하소서.
하늘나라 축복의 초막에서
평화의 영광을 누리고 싶나이다.

3월 26일

살아오면서 마치 몽유병자 같은 상태에 빠진 일이 헤아릴 수 없을 만큼 자주 있었다. 그때마다 보이지 않는 손이 나를 인도하여 위험천만한 좁은 길을 걸어왔다. 아마 내가 맨정신에 눈을 뜨고 이러한 위험을 직시했다면 결코 이 길을 지나지 않았을 것이다. 때때로 내 생각과 다른 사람들의 생각 사이에 큰 차이가 있음을 느꼈다. 이 차이점이 무엇인가 하는 것은 따로 고백할 필요가 없다. 그것을 인정하면 불안해질 것이기 때문이다.

3월 27일

내적 진보의 가장 좋은 증거는 선량하고 고상한 사람들과 사귈 때에는 훈훈함을 느끼고, 보통 사람들과 교제하면 점점 덧없음을 느낀다는 것이다.

이것은 내세의 삶마저도 결정할 것이다. 만약 내세라는 것이 있다면 그 사람의 정신적 성격과 단계에 따라 그에 어울리는 곳까지 갈 수 있고, 또 실제로 거기에 이를 것이다.

3월 28일

"세상에는 실로 집요하게, 결코 도달할 수 없는 미래를
바라보는 사람이 있다."(레키)

이것은 참으로 옳은 말이다. 그러므로 우리는 걱정한다든가, 계획
을 세운다든가 하는 것을 아주 그만둘 수도 있다. 그러나 이것은 우
리가 올바르고 곧은 길 위에 있다는 것을 전제로 하고서다. 그렇다
면 우리는 이제 더는 길을 찾을 필요 없이 부지런히 나아가기만 하
면 되는 것이다.

3월 29일

약간 낙천적인 젊은 사람들은 흔히 종교적 진리와 최
선의 처세법을 간단히, 말하자면 격언처럼 표현한 것을 좋아한다. 나
는 무엇보다도 이러한 처세법을 간단히 표현할 수 있을지 의심스럽
다. 왜냐하면 인생에는 여러 단계가 있어서 정상적으로 간다면 인생
은 차츰 높은 목표와 식견을 향하여 나아가는 것이기 때문이다.

3월 30일

거인 크리스토포루스[*]처럼 단호히 이 세상 가장 위대
한 임에게만 봉사해야 한다. 그런데 위대한 임은 오늘날 물질적 진
보와 향락을 말하는 것인가, 아니면 학문이나 예술인가? 또는 조국

과 그 대표자(국민 또는 통치자)인가, 인도주의인가? 그렇지 않으면 교회나 하나님이나 그리스도인가? 이것을 스스로 결정한 뒤에 온 영혼을 바쳐 올바르게 임에게 봉사하라.

3월 31일

우리는 언제나 훌륭할 뿐만 아니라 호감을 주는 인품이어야 한다. 그러나 정직한 사람이라면 만년에 가서야 겨우 이런 성질이 나타나든가, 아니면 전혀 나타나지 않을 수도 있다. 그러므로 세상 사람들이 위대한 덕의 모범이 되는 사람보다 훌륭하지 않지만 호감이 가는 사람을 더 좋아하는 일이 많다.

---

* 3세기의 전설적인 거인. 시리아 출생으로 어떤 성자에게 지도를 받고 개심하여, 하나님의 사랑을 체현(體現)하려고 다리 없는 강물의 사공이 되었다. 어느 날 한 어린아이를 업고 강을 건너기 시작했는데, 강 중간쯤에 이르자 어린아이가 갑자기 무거워져, 그렇게도 힘이 센 그가 조금도 더 나아갈 수 없었다. 그 어린아이는 그리스도의 현현이었다. 그는 그 자리에서 세례를 받았다. 그리고 손에 쥐고 있던 지팡이를 땅에 심으라는 계시를 받았다. 다음날 아침, 그 지팡이는 종려나무가 되어 있었다. 가톨릭교회에서는 그를 사공, 항해자 또는 재앙의 수호성자로 모신다.

4월

4월 1일

위대한 사상은 커다란 고통으로 깊이 파헤쳐진 마음의 바닥에서만 생긴다. 그것이 한 번도 일어나지 않았던 곳에는 천박함과 범용함이 남는다. 디딤돌에 올라가서 아무리 발돋움을 해보아도 소용없다. 설령 그것이 종교나 과학이나 철학적인 방법이라 하더라도, 또는 인간적인 방법이나 성질이라 하더라도. 그러나 어느 누가 수확은 많지만 무서운 이 길에 스스로 뛰어들 용기를 가지겠는가? 또 하나님의 인도 없이 어느 누가 머리카락만큼이나 좁은 이 심연의 변두리를 지나갈 것인가?

4월 2일

언제나 어둠 속에 숨어 덕의 가면을 쓰려고 하는 것이 악이 주로 쓰는 수법이다. 향락은 인색이 아니라 주장하고, 증오와 질투는 진리를 사랑하기 때문이라고 한다. 야심은 활동욕이라 변명하고, 게으름은 성공욕에 대한 반감이며, 심지어 하나님의 의지에 온전히 내맡기는 것이라고 옹호한다. 다만 때때로 철학자나 현실주의 정치가가 대담하게도 악의 맨얼굴을 보여주며 '모든 가치의 전환'을 꾀하려 한다.

그러나 이미 그와 동시에 건전함으로 복귀하려는 전화(轉化)가 시작된다. 모든 선에 대한 이런 대담한 도전 때문에 한동안 넋을 잃지만, 대다수 사람들은 이러한 시도를 바라지 않는다. 그렇게 되면 악도 잠시 동안은 가면을 쓸 수가 없다. 가면은 한동안 악의 얼굴에서 떨어진다. 그리하여 사람들은 아무것도 가리지 않은 추악함을 있는 그대로 눈앞에서 보게 된다. 우리는 지금 이러한 시대를 살고 있다. 기독교는 아마도 어떠한 철학이나 윤리학으로 기독교를 대체하려는 온갖 시도가 결국 실패로 돌아갔음을 알게 되면 본래 모습으로 되돌아갈 것이다.

4월 3일

〈잠언〉 16장 32절[1]을 보라. 우리는 감정과 기분에 끌려가서는 안 된다. 감정과 기분은 우리가 힘을 더하지 않더라도 저절로 존재하며 우리의 삶에 영향을 끼친다. 이것은 마치 날씨 같아서 우리가 바꿀 수는 없지만 그래도 대비할 수는 있다. 이리하여 성격은 점점 강인해지고, 머지않아 감정은 부차적인 것이 되어 계절이나 날씨의 변화, 낮과 밤의 변화 등과 같이 인생의 단조로움을 깨뜨리는 변화로서 도움이 된다.

특히 아이들은 어릴 때부터 감정에 끌려가지 않고 오히려 그것을

---

1 "노하기를 더디 하는 자는 용사보다 낫고, 자기의 마음을 다스리는 자는 성을 빼앗는 자보다 나으니라."

지배할 수 있도록 엄격하게 키워야 한다. 어른도 아이들의 기분에 맞춰 티끌만큼도 양보해서는 안 된다. 또는 아이들의 기분을 존중해서는 안 된다. 그렇지 않으면 오늘날 흔히 볼 수 있는 것처럼 아무 쓸모도 없는 불행한 인간이 되어버린다.

우리 내부에 있는 악과 범속함은 우리가 강렬하게 선을 바랄 때에는 잠시 사라진다. 그러나 이것은 뒷날을 위하여 공격을 보류한 것에 지나지 않는다. 즉 우리가 확실한 내적 성공을 거두어 기뻐하며 잠시 마음을 놓으면, 그때 손실을 만회하려고 다시 한 번 덤벼드는 것이다. 그런데 이것이 때때로 성공을 거둔다.

4월 4일

신앙의 일시적 동요를 누구도 완전히 피해갈 수 없다. 그렇지 않다면 그것은 '신앙'이 아니다. 그러나 신앙의 경험을 거듭해가다 보면 그 신앙은 차차 일종의 지식이 된다. 그러므로 사도 바울은 정당하게 말할 수 있었다. "우리는 우리가 알고 또 본 것에 대해서만 말한다. 우리는 지혜로운 이야기만을 따르지는 않았다."

오늘날 복음 설교자도 자신에 대하여 이렇게 말할 수 있어야 한다. 이렇게 말할 수 없다면 그들의 설교는 별로 유익한 점이 없다.

아름다운 오페라로 우리에게 친숙한 로엔그린의 전설은 이 점에 대해 수긍하게 한다. 그것은 다음과 같다.

인류의 참다운 구세주는 독자적인 정신적 특질을 가지고 미지의 나라에서 온다. 그러므로 그는 어딘가 이상한 데가 있다. 동시에 그는 밤과 고뇌에서 오는 것이 아니라 빛과 환희에서 온다. 우리가 이 빛과 환희를 접하면 무엇보다 구세주가 새로운 생명 속에 깊이 들어와 있음을 분명히 느낄 것이다. 인간의 고통을 탄식하는 노래와 묘사, 자연과학과 사회주의의 단순하고 때때로 무력한 대결은 오늘날 예언자가 행하더라도 조금도 감명을 주지 않고, 또 그 사람의 예언자적 자질을 증명하지도 못한다.

4월 5일

아무리 올바른 사람이라 할지라도 생애에 한 번은 '나쁜 짓을 하는 자'에 속한 적이 있을 것이다. 그러한 일이 일어나지 않는다면 그것은 결코 좋은 징조가 아니다. 이때 그가 인간의 모든 비판을 한없이 초월하여 위로해주는 하나님을 믿는 데서 생기는 부끄러움 없는 양심(이 밖에 부끄럽지 않은 양심은 없다)을 가진다면, 인간의 비판을 쉽게 참고 견디며 그것이 실제로 상상하는 것만큼 나쁘지 않고 위험하지도 않다는 것을 깨닫게 될 것이다.

이리하여 그는 비로소 하나님에게 도움이 될 수 있는 용감한 인간이 된다. 그때까지는 어떠한 사람도 비겁자이며, 막상 필요할 때 하나님 편에 서기를 두려워한다.

4월 6일

오늘날 인간사회에서 가장 필요한 것은 진실에 대한 확실한 본능적 직관이다. 무수한 계획, 조직, 단체, 당파, 선동, 문학이나 정치의 조류, 종교단체나 종파 등의 흐름에 휩쓸리지 않으려면 이것이 필요하다. 이러한 흐름은 매일같이 모든 교양인에게 몰려오는데, 진정한 생명을 가진 것은 그중 일부에 지나지 않는다. 그 대부분은 생명이 극히 짧으며, 한두 번 권장이나 연보를 낸 뒤 다음해에 소멸하거나 지속력이 없는 여러 갈래의 분파로 분열한다. 당신은 가능한 한 이러한 것들로부터 멀어지는 것이 좋다.

현대의 가장 큰 문제는 아니지만 가장 직접적인 문제인 사회주의는 내적으로 참다운 기독교로써만 극복할 수 있다. 그 밖의 모든 대책은 선량한 사람들의 자기기만일 뿐이다. 또 일부 사람들이 몽상하고 있는 사회주의 국가가 아주 광범위하게 실현된다 하더라도 사람들을 만족시키지는 못할 것이다.

당신이 무익한 박애로 생애를 헛되이 보내고 싶지 않다면 참다운 기독교를 촉진하고, 또 그에 반대하는 편견을 극복하는 데 힘을 보태야 한다. "우선 인간을 개조하라. 그러면 인간의 환경도 저절로 변화할 것이다."

4월 7일

죽은 뒤에도 오랫동안 개인적인 인상을 남기는 사람은 극히 드물다. 아무리 중요한 지위에 있었던 사람이라도 대개 몇 년이 지나면 잊히고 만다. 가장 오랫동안 남는 것은 성실함에 대한 추억이다. 부인들이라면 참으로 달콤한 사랑에 대한 추억이다.

4월 8일

"너를 위하여 새긴 우상을 만들지 말고 아무 형상이든지 만들지 마라." 이 말은 하나님의 형상을 닮은 지상의 인간에게도 적용되는 것이 아닐까? 따라서 초상화, 사진, 자서전 등도 이것에 포함되어야 하지 않을까? 어쨌든 이것들은 무엇에 유용하다기보다 인간의 허영심을 부추긴다. 우리는 가장 중요한 인물, 이를테면 아브라함, 모세, 사도들(그리스도는 말할 것도 없고)의 참모습을 나타내는 어떠한 상도 가지고 있지 않다. 이것은 아마 그들에게도 도움이 될 것이다. 왜냐하면 오늘날 어떤 사람에 대한 우리의 관념이 초상이나 전기로 인하여 높아지기는커녕 낮아지는 일이 많기 때문이다.

4월 9일

당신에게 뜻하지 않은 불리한 일이 일어날 것 같다면 그것을 방지하기 위하여 우선 상식적으로 할 수 있는 일을 다 해야 한다. 다음에는 정신적으로, 만약 그것이 당신의 마음에 평안을 준다면 육체적으로도 주님의 발아래 몸을 던져라. 〈요한복음〉15장 7절[2] 또는 16장 24절[3]을 외우면서 올바르게 통찰할 수 있는 힘을 기구하고, 그다음 당신에게 진정으로 필요한 것이 무엇인지 찾아서 인내심이든 구원이든 어느 것이든 기구하라. 그러고는 조용히 일상으로 돌

---

2   1월 2일의 주를 보라.

3   "지금까지는 너희가 내 이름으로 아무것도 구하지 아니하였으나 구하라. 그리하여 받으리니 너희 기쁨이 충만하리라."

아가서 소용없는 근심에 오래 마음을 쓰지 말아야 한다.

4월 10일

선에 대하여 태만하다는 것은 아주 큰 결점이다. 아마도 모든 결점 중에서 가장 큰 것일지도 모른다. 왜냐하면 이 결점이 있을 때에는 그 사람의 좋은 면은 전혀 찾아볼 수 없기 때문이다. 그럼에도 사람들은 자기 자신이나 다른 사람에 대해서도 이 결점을 그리 중요하게 생각하지 않는다. 이 결점은 순수하게 수동적이어서 쉽게 눈에 띄지 않기 때문이다.

사람들은 선행의 기회를 피하려 하지만, 현명한 사람이라면 가능한 한 그 기회를 더 바라고 또 구한다. 그래서 우리는 천국을 한없는 선행의 기회와 그것을 행하는 무한한 힘과 기쁨이 있는 곳이라고 생각한다. 그렇지 않은 천국이란 적어도 사색적인 인간에게는 무가치한 것으로 여겨진다. 휴식을 바라는 순간적인 욕망은 전 생애 또는 영원한 삶을 충족시키지 못한다. 이것은 다만 지나가는 한때의 감정에 지나지 않는다.

이와 반대로 눈앞에 행할 수 있는 선이 없고, 또 그것을 행할 마음이나 힘도 없다는 것은 그야말로 지상의 지옥이다. 그런데 사람들은 그 귀중한 생명을 가지고서 이렇게 취생몽사로 끝내고 만다.

금전적으로 만족스러운 생활을 하려면, 수입에서 비록 소액이라도 일정한 액수를 자선에 쓰는 일부터 시작해야 한다. 이것은 누구라도 할 수 있는 일이다. 만약 이것 때문에 더 가난해진다고 생각한다면 큰 오산이다. 실제로는 오히려 그 반대이다. 그런데 그마저도 스스로 하기 싫어할 만큼 게으른 부자가 많다. 그들은 티끌만큼의 선의도 없이 무슨 단체나 시설에 기부를 하고서는 아주 굉장한 일을 한 것처럼 생각한다. 이것은 그야말로 그릇된 생각이다. 그리고 사도 바울의 저 유명한 말(〈고린도전서〉 13장 3절[4])에 해당하는 것이다.

물론 오늘날에는 고대나 중세에 자주 있었던 유명한 예처럼, 전 재산을 가난한 사람들에게 나눠주라고 권할 수는 없다. 오히려 재산을 보존하고 잘 관리하여 그 수입을 하나님의 뜻에 따라서 사용해야 한다. 만약 방법을 잘 모른다면 그것을 할 수 있는 믿을 만한 사람을 구해야 한다. 모든 부자가 이렇게 살아간다면, 전보다는 선행이 훨씬 많이 이루어질 것이다. 그리고 그들 자신도 그로 인해 지금보다는 더 행복해질 것이다.

4월 11일

허영심을 경멸하는 것만이 최선의 방어이다. 그러나 허영심보다 훨씬 더 위험한 오만에 대해서는 다만 주님 가까이에 있음으로써 이것을 방어할 따름이다. 주님 앞에서는 모든 인간적 의의가 사라지고, 인간적 차별도 무의미한 것이 되고 만다.

사람들은 칭찬을 재촉하지 않고 경멸하지도 않으며, 허영심 없고

---

4 "내가 내게 있는 모든 것으로 구제하고 또 내 몸을 불사르게 내어줄지라도 사랑이 없으면 내게 아무 유익이 없느니라."

차분하고 확고한 자아를 가진 사람을 만나면 그를 칭찬한다. 칭찬을 재촉한다든가 경멸하면 사람들의 반감을 사거나 적어도 의견 발표를 유보하게 된다.

자기 수양으로 겸손의 미덕을 기른 사람은 명예로운 표창을 내심 좋아하면서도 한 번은 사양하고, 표창을 하지 않으면 서운함을 느낀다. 이보다 더 겸손한 사람은 자신의 진정한 행복을 위해 그것을 경계한다. 한층 더 겸손한 사람은 그러한 명예에 마음이 흔들리지 않기 때문에 진정으로 그것에 무관심하다.

자신의 명예로운 행위가 세상에 알려지기를 열심히 희망하면서 그것을 사양하는 사람은 조금도 겸손하지 않다. 그는 세상 사람들이 그런 마음을 모를 것이라는 어리석은 믿음 속에 살아가고 있다.

4월 12일

　　　　　다른 사람에게 당하는 부정, 박해, 굴욕은 스스로 성장하는 데 어느 정도 필요하다. 그렇지만 주님과 화합하는 사람은 마지막에 〈이사야〉 60장 14~15절,[5] 32장 17~18절,[6] 33장 22~23절[7]

5　"너를 괴롭게 하던 자의 자손이 몸을 굽혀 네게 나아오며 너를 멸시하던 모든 자가 네 발 아래 엎드리어 너를 일컬어 여호와의 성읍이라, 이스라엘의 거룩한 자의 시온이라 하리라. 전에는 네가 버림을 입으며 미움을 당하였으므로 네게로 지나는 자가 없었으나 이제는 내가 너로 영영한 아름다움과 대대의 기쁨이 되게 하리니."

6　"의의 공효는 화평이요 의의 결과는 영원한 평안과 안전이라, 내 백성이 화평한 집과 안전한 거처와 조용히 쉬는 곳에 있으려니와."

7　"대저 여호와는 우리 재판장이시요, 여호와는 우리에게 율법을 세우신 자시요, 여호와는 우리의 왕이시니 우리를 구원하실 것임이니라. 너희 돛대 줄이 풀렸고 돛대 밑을

에 기록된 것을 체험할 것이다. 원칙적으로 말하면, 다른 사람의 행동에 대해서 침묵하는 것이 가장 좋은 방법이다. 그렇게 하면 모욕을 주는 사람들 가운데 비교적 나은 자들은 그들에게 남들이 말할 수 있는 것을 자기 자신에게 한층 더 엄하게 말할 것이기 때문이다. 그러나 다른 사람들은 이쪽에서 어떻게 응수하더라도 도리어 자기들의 언동에 대한 변명을 찾아낼 것이다.

세상에 흔히 있듯이 은밀한 질투심을 품은 자에게는 최선을 보여주는 것이 좋다. 그렇게 하면 그들은 자기 칼에 쓰러지든가, 아니면 적어도 침묵하며 한편으로 물러설 것이다. 마치 〈욥기〉의 사탄이 자기의 수고가 소용없이 끝난 뒤에 완전히 사라져버린 것과도 같다.

그러나 그들의 비판을 별로 고려하지 않는다면 단 한 가지는 피할 수가 없다. 즉 오만하게 보이는 일이다. 그러나 거기에는 때로 진리가 담길 수도 있다.

4월 13일

인간의 생애에는 안개처럼 무수한 층을 이루어 하나님을 둘러싸고 있는 듯이 보이는 모든 장애물을 뚫고 하나님에게 바짝 다가가고, 그 때문에 모든 기성 종교가 조잡한 구상화처럼 보이며, 모든 신앙 고백과 예배가 하나님의 사상뿐 아니라 인간의 능력이나 본래 사명과 마찬가지로 전혀 도달할 수 없는, 극히 인간적인 것으

튼튼히 하지 못하였고 돛을 달지 못하였느니라. 때가 되면 많은 재물을 탈취하여 나누리니 저는 자도 그 재물을 취할 것이며."

로 보이는 순간이 있다.

그러나 이러한 경우에도 현재의 기독교가 진실한 하나님을 느낄 수 있는 최선의 외적 교리화처럼 생각되는 것도 사실이다. 사실 여태까지 말로 표현된, 또는 다른 어떤 표현도 이보다 더 나을 수는 없을 것이다.

4월 14일

"그렇게 하지 않을 수 없었던 사람만이 큰일을 할 수 있다." 이것은 참으로 진리가 아닌가? 그러므로 우리는 때때로 그렇게 하지 않을 수 없는 상태에 몸을 두어야 한다. 따라서 큰 결심을 하기 전에 충분히 생각하고, 반드시 해야 할 일이며 또 하지 않으면 안 된다는 것이 분명해지면 단호히 그것을 해야 한다. 왜냐하면 인생에서 가장 위대한 순간이 지나면 언제나 뉘우침과 함께 원래대로 돌아가고 싶어지는 마음이 생기기 때문이다. 이것은 일종의 반작용이며, 엄연한 사실에 부딪히면 제방처럼 무너지지 않을 수 없다. 그리하여 비로소 승리를 얻는데, 이렇게 결심하고 행동함으로써 쉽사리 달성할 수 있다.

4월 15일

오늘날에는 아무도 남을 위해 봉사하려고 하지 않는다. 먼저 하나님에게서, 다음으로 모든 윤리적 세계 질서, 교회, 가족의 기반에서 자유로워지기를 바란다. 그러나 어느 정도 자유를 얻게 되면 공허한 감정, 거친 향락욕 또는 음울한 염세주의에 빠져 결국 파괴욕으로까지 나아가는 수가 있다.

이와 반대로 먼저 자기 자신에게서, 자신의 기분이나 습관에서 자유로워지고, 그다음 하나님과 하나님의 위대한 사업에 스스로 봉사해야 한다. 이것이 행복에 이르는 길이다. 이제 자기의 개선을 근심하지 않고 오히려 다른 사람의 행복을 위하여 자신을 바치라는 명령을 받는다면, 그때 그는 인생 학교의 최상급생이 되는 것이다. 우리가 생각하는 미래에도 언제나 이럴 것이다.

4월 16일

의혹이 올라와 유혹하면 언제나 신앙으로 극복해야 한다. 이러한 순간에 오성의 이론으로는 충분하지 않다. 그렇게 해서 의혹을 극복하면 〈마태복음〉 3장 17절[8]에 나오는 천상의 소리 같은 그 무엇이 영혼에 남는다. 우리가 좀더 용기를 가진다면 이러한 경험을 할 수 있는 기회를 오히려 기뻐할 것이다. 그러나 이것이 몇 번 되풀이되면 기회는 다시 찾아오지 않는다. 이제 더는 목적이 없기 때문이다. 하나님은 쾌락을 위해 우리에게 이런 기쁨을 주시지 않는다.

---

8 "하늘로부터 소리가 있어 말씀하시되 이는 내 사랑하는 아들이요 내 기뻐하는 자라 하시니라."

4월 17일

선함과 참됨을 건강에 유익한 것으로 느끼고, 악과 불성실과 불순함이 아무리 선한 모습을 하고 있어도 이것을 불건전한 것으로 느껴야 비로소 인간으로서 최고의 경지에 오르게 된다. 그전까지는 아무리 최선의 원칙에 따라 살아도 악의 영향을 피할 수 없다. 유대인들이 모순이라고 해석하는 그리스도의 말〈요한복음〉6장 53~56절[9]이 이것을 의미하고 있다. "육체가 모든 것의 종국이다"라는 독일 신비주의자의 심오한 말도 이런 뜻으로 이해하면 수긍할 수 있다.

봄

겨울이 가고 봄이 오면
맑게 개어가는 골짜기.
풀밭에는 초록이 싹터 나오고
곳곳마다 파릇파릇 움이 튼다.

하늘은 연푸르게 빛나고

---

9 "예수께서 이르시되 내가 진실로 너희에게 이르노니 인자의 살을 먹지 아니하고 인자의 피를 마시지 아니하면 너희 속에 생명이 없느니라. 내 살을 먹고 내 피를 마시는 영생을 가졌고 마지막 날에 내가 그를 다시 살리리니, 내 살은 참된 양식이요 내 피는 참된 음료로다. 내 살을 먹고 내 피를 마시는 자는 내 안에 거하고 나도 그의 안에 거하나니."

해는 보드랍게 내리비친다.
세상이 그렇게 음산하더니
오늘은 이렇게도 기쁨이 넘친다.

늙은 나무에 싹이 트누나
물오른 잔가지에서.
아, 내 마음이여, 너는 지금도
예전같이 젊구나!

4월 18일

　　　　예부터 철학이나 신학이라 불리던 것들이 진리성이 참
으로 빈약하다는 생각이 들 때가 있다. 철학이나 신학은 그것들이
표현하려고 하는 것의 근저에는 도저히 도달할 수 없다.

　그런데 이 모든 인간적인 지식의 캄캄한 하늘에 경험적 사실이 반
짝이고 있다. 이것은 생활에서 비롯되어 현실적이며, 모든 신학이나
철학의 시도를 초월하는 위대한 하나님에 대해 가지는 경험으로서
영원히 흔들림 없고, 인간의 모든 해석을 넘어선 숭고한 진리의 별처
럼 찬란히 빛나고 있다.

　이러한 경험적 사실에서 굳건한 신앙이 태어난다. 그러나 이것은
심오한 신비주의로서 경험하지 않으면 누구도 바로 이해하지 못할
것이다. 다른 사람들에게는 이것이 '어리석음'이지만 우리에게는 '하
나님의 힘'이다.

4월 19일

기독교적 세계관의 확고하고도 참다운 기초는 바로 이 점이다. 즉 이 세상의 악과 개인의 악은 이미 정복되었고, 따라서 중요한 것은 이 승리를 개개의 경우에도 실제로 확보하고 추구해가는 것이다. 이것이 곧 그리스도를 통해 단 한 번 나타난, 그리고 이것에 의지하려는 사람에게 의심할 나위 없고 부정할 수 없는 이른바 '구원'의 비밀이다.

만약 그렇지 않다면 선의 승리를 절망적인 것으로 여길 수도 있다. 그러한 절망감을 느낀다는 것은 언제나 개인적인 용기의 결핍을 뜻하며, 이 절망이 사실이라면 인류에 대한 큰 반역이다.

4월 20일

연극인들이 '훌륭한 퇴장'이라고 일컫는 것은 지나간 시간과 우리의 생활에 개입했다가 떠난 사람들을 추억할 때 소중한 것이다. 우리는 좋든 나쁘든 간에 모든 일에 정당하고 적당한 방법으로 이별을 고하고, 최후에는 인생과도 품위 있게 이별할 수 있도록 애써야 한다.

그런데 우리가 좀처럼 훌륭한 퇴장을 하지 못하고 있으면 적이 그것을 가져다주는 일이 많다.

4월 21일

다른 사람에게서 아무것도 받지 않으려고 할 때 그 사

람을 보는 눈이 달라지고, 이럴 때에만 대개 남을 정확하게 판단할
수 있다.

친구와 오래 사귀려고 한다면 친구에게서 많은 것을 기대하지 않
도록 스스로 다짐해야 한다.

4월 22일

무릇 인간의 사고는 그것이 최선이라 하더라도 어떤
정형적인 언어 표현에 빠져 기계적으로 되어버리는 경향이 있다. 정
형적인 표현은 끊임없는 사고활동을 대신하고, 적어도 후대 사람들
이 일을 더욱 쉽게 할 수 있게 만든다. 이것은 특히 종교와 철학에서
그러하다. 그러므로 정형적인 표현은 시대가 변함에 따라 그 시대의
반대 의견으로 환기되어, 끊임없이 혁신되고 이해하기 쉽게 변화해
가지 않으면 안 된다.

4월 23일

기독교 성직자나 신학자에 대해서는 사도들이 우리에
게 제시해준 기준을 적용하라. 다른 장점이 아무리 많다고 해도 그
리스도의 부활을 믿지 않는 자는 하나님의 영혼을 가지고 있지 않
고, 그 사실에 대하여 언제나 반발하려는 인간적인 영혼을 가지고
있다. 인간적인 영혼은 참다운 신앙에 대해서 반발한다. 아마도 하
나님에 대한 믿음이 부활에 대한 믿음보다 한층 더 어려울 것이다.
왜냐하면 일찍이 하나님을 본 자는 없었지만, 부활한 그리스도는

많은 사람이 보았기 때문이다.

4월 24일

시련과 축복은 밀접한 관계가 있다. 축복이 올 수 없을 때 시련이 찾아온다. 즉 자신감과 오만이 축복을 가로막기 때문이다. 그래서 다시 문을 열어 마음을 부드럽게 하고 솔직하게 하는 것이 시련의 역할이다. 이 목적이 달성되면 곧 축복이 온다.

4월 25일

우리는 하나님을 기쁘게 해야 한다. 하나님이 기뻐할 수 있는 우리가 되어야 한다. 우리 같은 가엾은 생물이 그것을 할 수 있다는 것이 신기하다. 불완전하지만 그것을 할 수 있는 방법을 가장 여실히 묘사하고 있는 〈욥기〉를 참조하라. 우선 시도하라. 늘 하나님을 기쁘게 하려는 마음을 가져라.

4월 26일

하나님의 뜻을 행하는 길로 가겠다고 완전히 결심했다면 우선 끊임없이 일하고, 인간의 힘이 닿는 모든 수단을 충실히 이용해야 하며, 쓸데없는 걱정을 해서는 안 된다. 왜냐하면 참다운 지혜는 게으르게 보존할 수 있는 것이 아니기 때문이다. 또 보통 사람은 이 지혜를 올바르게 이해할 수 있을 만큼 내적으로 정돈되어 있지 않기 때문이다.

그러나 이러한 지혜는 우리가 진실로 구하고 언제나 준비가 되어 있으면 적당한 시기에 틀림없이 주어진다. 그러므로 늘 사려 깊지 않으면 안 된다. 눈앞의 단순한 쾌락에 빠지거나, 부질없이 쉬려 하거나, 터무니없이 조급해서는 안 된다. 하나님의 길로 나아가려면 활기차게 열심히 일해야 하지만, 결코 과도하게 해서는 안 되기 때문이다.

다음으로, 정의를 행하는 모든 기회에 주의를 기울이고, 뜻밖의 사건에 놀란다거나 침착성을 잃어서는 안 된다. 그리고 말을 할 때에는 반드시 절도가 있어야 한다. 말이 많으면 흔히 복잡한 일에 휘말리게 된다. 또 장래의 일을 메모하거나 미리 적어두는 것은 대단히 좋은 일이다. 그러나 확고한 결심은 그 메모를 이용하기 전에 해야 한다.

어떤 일이든 번잡한 '사전 준비' 없이 곧 힘 있게 착수해야 한다. 목표를 향하여, 결정적인 사상을 향하여 재빨리 돌진해야 한다. 그런 경우에 중요한 사상은 별로 많지 않다. 그렇게 하면 다른 부차적인 일은 그 일을 진행하는 동안 저절로 따라올 것이다.

4월 27일

더 이상 쾌락을 바라지 않는다는 것이 인생에서 얼마나 큰 즐거움인지 스스로 경험하지 않고도 믿을 수 있다면, 모두가 예외 없이 생활방식을 바꿔 세상을 대번에 변화시킬 것이다. 인생의 커다란 위기에 놓였을 때 언제나 우선 감행해야 한다. 그렇게 하면 저절로 힘이 생기고, 결국 그것이 정당했다는 견해가 생긴다.

4월 28일

실천적으로 말하자면, 인생에서 중요한 것은 언제나 자기의 의무를 다하고, 그것에 반대하는 마음의 경향이나 이론에 귀를 기울이지 않겠다고 단호히 결심하는 것이다. 이것을 실천하기 위하여 하나님을 믿고, 하나님과 굳게 연결되어 있어야 한다는 확신이 생기면 이미 다 이룬 것이니, 마음은 굳건하고 길은 똑바로 열려 있을 것이다. 그러나 의무의 수행과 하나님과의 결합이라는 두 가지 조건이 갖춰지지 않는다면 종교와 도덕에 대하여 아무리 이야기해도 그것은 헛소리에 지나지 않는다.

4월 29일

역설적인 사람들은 "천재적 소질은 일종의 정신병이다"라고 주장해왔다. 그러나 천재는 인류 최대의 명예이니 인류의 영광을 위하여 우리는 이 주장을 인정하지 않는다. 물론 이 소질이 그 사람에게 미치는 작용 속에 때로 병적인 것이 포함되어 있지 않은 바는 아니다. 천재가 자기 위의 지배자를 인정하지 않고, 어떠한 의무에도 구속되지 않는 자주 독립의 권리를 주장하면 병적 경향이 더 악화될 수 있다. 이러한 경우는 실제로 광기에 가까워서 이미 그 지경에 다다른 예도 결코 적지 않다.

하나님의 명령에 대한 의식적인 반항이나 도전적인 무신론은 언제나 정신적 질병의 시초라고 보아야 할 것이다. 이렇게 보더라도 결코 틀리지 않을 것이다. 칼라일의 전기에 따르면, 즉위하기 전 나폴레옹 3세는 칼라일을 미쳤다고 생각했다. 평소 하나님에 대한 관념이 뚜렷하지 않았다면 칼라일은 미쳤던 게 분명했을 것이다. 만약 그가 추상적인 이상주의자가 아니라 현실적인 기독교도였더라면 그의 생애는 자신과 그의 가족, 또 그의 국민에게 더욱더 유익했을 것이다.

오늘날 비교적 훌륭한 환경에 있는 천재들이 대부분 그 같은 갈림길에 서 있다. 오직 기독교만이 그들과 그 자손을 이 위험한 정신적·육체적 타락에서 보호할 수 있다. 실제로 이러한 타락의 예를 강대한 나라들이 세계 역사에서 이미 몇 번이나 보여주었다.

4월 30일

황제 마르쿠스 아우렐리우스*가 죽었을 때 그의 옷자락에서 발견된 일기에 고대의 지혜를 가장 아름답게 표현한 말이 들어 있다.

"인간을 위하여 끊임없이 봉사하라. 그리고 이 끊임없는 관용을 너의 유일한 기쁨으로 여겨라. 때때로 하나님을 우러러볼 의무가 있음을 잊지 마라."

---

* 로마제국 16대 황제이자 스토아학파 철학자. 독서와 사색을 좋아했으며 사색과 체험에서 우러나온 명저《명상록》을 남겼다.

최고의 자리에 있는 사람이 단순히 철학적 견지에서 이보다 나은 말을 하고 또 실행한 예는 아마도 없을 것이다. 프리드리히 대왕 정도면 그와 비교될 수 있을지도 모르겠다.

그러나 이러한 하나님을 가지지 않는 삶은 얼마나 가난할까!

5월

5월 1일

하나님은 당신의 아들들을 위하여 시련의 불을 너무 뜨겁게 지피지 않는다. 오히려 반대로 정해진 것보다는 약간 낮춘다. 인간도 그들이 해야 할 것보다 티끌만큼이라도 더 하나님의 아들들을 해쳐서는 안 된다.

나는 내 생애에서 어려운 시기가 지난 뒤에는 고난이 좀더 오래 지속되고, 또 좀더 엄격해야 했었다는 마음을 명확하게 품었다는 것을 스스로 증명할 수 있다. 그러므로 "자, 힘차게 뛰어들어라! 그리 깊지는 않을 것이다"라고 말할 수 있다.

5월 2일

종교적인 성향을 가진 사람들이 보통 빠지기 쉬운 어리석음의 하나는 하나님에게 무엇인가를 주려고 하거나 자신들의 덕으로 하나님에게 잘 보이려고 하는 점이다. 물론 우리는 하나님을 현존하는 그대로 알 수 없다. 우리는 다만 하나님에게서 멀리 떨어져 있는 극히 인간적인 하나님에 대한 관념만을 가지고 있을 뿐이다. 더구나 이 관념이라는 것은 말로는 도저히 표현하기 어려우니

불완전한 비유로써 이것을 표현하려고 노력하는 수밖에 없다. 그러나 다음 사실만은 우리도 분명히 알 수 있다.

즉 하나님은 우리의 사유나 직관에 비하여 헤아릴 수 없을 만큼 '위대한 주'이고, 우리가 쓰는 명칭과 비유적 표현은 오히려 그분을 끌어내리고 있으며, 또 하나님이 보는 인간의 '덕'이란 그야말로 있는 듯 없는 듯 차이가 미미할 뿐이라는 점이다.

하나님의 마음에 드는 것은 아마도 한결같은 동경과 사모일 것이다. 하나님의 마음에 가장 흡족하지 못한 것은 풍족하고 유복하며 스스로 바르다고 하는 사람들이다. 이것은 우리가 아이들을 대할 때, 어떤 아이는 천성적으로 붙임성이 있어서 귀여워하는 데 비해 어떤 아이는 '버릇이 좋아도' 정이 가지 않는 것과 비슷하다.

5월 3일

반드시 해야 할 의무라면 그것을 해야 하는지 말아야 하는지 더는 물어서는 안 된다. 이 의문과 함께 벌써 저항이 시작되는 것이다. 의무가 아주 분명한데도 그것을 하지 않으려는 것은 '블랙베리처럼 값싼'* 변명이다.

5월 4일

하나님의 도움을 우습게 여기는 자는 결국 인간의 도

---

* 영어 표현 "If reasons were as plenty as blackberries(이유가 블랙베리처럼 얼마든지 있다면)"에서 나온 말이다.

움을 구할 수밖에 없다. 그러나 이것은 전자보다 유쾌하지 않다.

실제로 그러한 예를 나는 많이 봐왔다.

5월 5일

"좋은 계획으로 포장된 길은 지옥으로 가는 길이다"라는 속담은 매우 적절한 말이다. 왜 그럴까? 그것은 인간의 심한 변덕 또는 사방에서 포위하는 갖가지 반대 세력 때문이 아니라 좋은 계획 자체가 실제로는 실행하기 어렵고, 우리의 힘과 시간과 외부 사정에 적합하지 않기 때문이다.

이것과 판이한 것은 하나님의 '인도'이다. 이것은 우리가 할 수 없는 일이나 시기에 맞지 않는 일, 또는 힘이 아직 부족한 일은 무리하게 요구하지 않는다. 당신이 만약 하나님의 인도에 몸을 맡긴다면, 당신은 일체의 일을 '계획' 없이도 할 수 있다. 모든 일이 아주 명확한 요구나 기회 등의 형태로 연속적으로, 또 올바른 순서로 당신에게 다가올 것이다. 이것은 정말 당신을 발전시키는 것이다. 이스라엘의 한 예언자는 이것을 "사랑의 줄을 잡고 간다"고 표현하였다. 즉 어린 아이처럼 줄에 이끌려 걷는 것이다. 이것은 인간이 세우는 갖가지 계획보다 훨씬 낫다.

5월 6일

우리를 의혹으로 이끄는 가장 큰 원인의 하나는 세상에서나 우리 내부에서 활개를 치고 있는 악에 비해 선은 좀처럼 드러나지 않는다는 점이다. 그러므로 사람들은 바른길 위에 있는 자신의 내적 진보를 반쯤 의심하고, 하나님의 정의로운 걸음이 역사와 자기 경험에 비추어 눈앞에 명백한데도 그것을 의심한다.

아주 오랫동안 내적으로 조금도 진보하지 않은 것처럼 느껴지는 일이 간혹 있다. 그러다 어느 날 갑자기 자기가 전과는 완전히 달라졌다는 것을 깨닫게 되는 날이 온다.

지나치게 비판하지 않는 것이 좋다. 비판하는 사람은 대단히 많지만, 선을 고무하고 장려하는 사람, 또 진리를 차분하고 완전하게 설명할 수 있는 사람(꼭 그렇게 설명해야 하는데도)은 오히려 드물다.

5월 7일

인간의 내적 발전은 단계적인 것이어서 천재적인 사람 외에는 급속하게 발전하기 어렵다. 우리는 오히려 자기 자신에 대해 참을성을 배워야 한다. 어떤 사람이 자기만을 생각하거나 자기도 모르는 사이에 모든 것을 자기의 편의와 행복에 비추어서 판단하는 것을 아무런 노력 없이 자연스럽게 단념할 수 있고, 나아가 자신을 어떤 위대한 이념의 종으로 본다면, 그때 그는 위태롭지 않은 확실한 높이에 이르렀다고 할 수 있다. 이런 사람을 성경에서는 '하나님의 종'이라 부른다.

이와 전혀 다른 이념에 따라 생활하면서도 세상에는 그런 특별한 사람들이 분명히 있다고 느끼고, 또 그런 신념이 순수한지 불순한지 식별할 수 있는 사람들이 흔히 있다. 그러나 다른 한편으로 종교적으로 맺어진 사람들 가운데 이기주의에 빠진 사람들이 '존귀한 분의 종'으로 간주되는 일이 곧잘 일어난다. 그러나 나는 이런 사람들에게 기만당했다는 예를 한 번도 들은 적이 없다.

그러므로 기이한 현상에 대해서도 세상 사람들이 나름으로 판단하는 것을 중시하는 것이 좋다.

5월 8일

하나님의 은총으로 마음 깊이 희열을 느꼈다면, 우리는 곧 적이든 우리에게 부당한 일을 한 사람이든(이러한 사람은 꼭 있는 법이다) 용서해야 한다. 이렇게 함으로써 희열은 비로소 하나님이 보시기에 아주 정당하고 취소할 수 없는 것이 된다.

5월 9일

우리가 인생에서 우연히 만나는 가장 불쾌한 것 가운데 하나는 질투이다. 이것은 참고 견뎌야 한다. 질투하는 자를 달랠 수는 없기 때문이다. 그러나 우리는 굳건한 정신으로 끊임없이 그에 맞설 수는 있다. 아마도 괴테가 말한 듯한 약간 엄한 격언은 이것을 다음과 같이 말하고 있다.

"남의 질투를 깨뜨리고 싶다면 어리석은 행동을 버려라."

자기의 장점이나 소유물을 일부러 뽐내어 다른 사람의 질투심을 자극하지 않도록 해야 한다. 이러한 행동은 이웃의 마음을 크게 상하게 하고 '분노'의 저주를 불러들인다. 특히 여성이 이 점에서 실수

하는 일이 많다. 여성은 약혼자, 남편, 아이, 옷, 장신구, 사교, 즐거운 가정생활 따위를 가지고 그것을 갖지 못한 사람 앞에 과시하고 싶어 한다. 이것은 여성의 성격 중에서 가장 추한 면이다.

5월 10일

　　　종교의 비밀은 이론상으로는 매우 단순하다. 진정으로 하나님을 믿고, 그 믿음에 따라서 생활한다는 이론이 그것이다. 그러나 이것을 실천하기는 어렵다. 기독교계에서 이미 1900년 동안이나 이것을 연구해왔으나, 아직도 바르게 성취하지 못하고 있다. 수많은 학자들도 이것을 가르치려고 애써왔지만 그들 역시 올바르게 이루지 못하였다.

　하나님에 대한 신앙을 거부하는 것은 그것을 아직 강렬히 느껴보지 못한 사람에게는 매우 쉬운 일이다. 인류 역사가 시작될 때부터 우리가 알고 있는 쇼펜하우어와 니체에 이르기까지 이미 많은 사람들이 신앙을 거부함으로써 일시적인 의의를 획득하였다. 왜냐하면 그에 감응하는 대중은 어느 시대에나 찾아볼 수 있기 때문이다. 그렇지만 그들의 소극적인 증명(이것은 본래 증명이 아니다)으로는 경험을 통해 하나님을 안 사람들을 도저히 설득할 수 없었다. 또 그와 같이 유대교와 기독교의 폐허 위에 그것들 못지않게 영속하고, 현자에게나 바보에게나 동일하게 유익하며, 어떤 경우에도 인간을 충분히 위로할 수 있는 세계관을 세운다는 것은 그들에게는 어려운 일이다. 그들은 대부분 이것을 시도조차 하지 않고, 미래에 결코 영속적인 결과를 가져다주지 않는 파괴에 만족하였다. 세계는 지금 건설적인 기독교를 절실히 요구하고 있다.

5월 11일

보이티우스[*]는 그의 유명한 책 《철학의 위안》(526년)에서, 인간은 하나님의 생명을 얻어야만 진정으로 행복해진다고 했다. 그 후로 1500년이 지났지만 이것은 누구에게나 변함이 없다.

다행스러운 일은, 하나님은 인간처럼 속는 법이 없다는 것이다. 따라서 형식적으로 하나님에게 다가가려 해도 흐린 마음에 결코 밝은 태양빛을 담을 수는 없다. 또 종교적 열광과 감각적 자극으로도 이 목적을 달성할 수 없다. 하나님 가까이에 있다는 것은 그와는 전혀 다른 일이며, 매우 독특하고 조용하며 평화로운 감정이다.

뿐만 아니라 그것은 인간의 모든 감정 중에서 가장 강렬하다. 그리고 사람의 마음을 완전히 만족시킬 뿐만 아니라 모든 제한에서 정신을 해방하고 고양시키며, 우정이나 연애 등의 감정과는 도저히 비교할 수도 없다. 자주 인용되는 성 아우구스티누스의 말[**]이 십분 진실하기 위해서는 이 점에서 좀더 보완이 필요해 보인다. 이런 강력한 감정이 실제적인 대상으로부터 나온다는 것은 이것을 스스로 알고

---

[*] 로마의 철학가이자 정치가. 알비누스 반역 사건에 연루되어 옥사했는데, 당시 옥중에서 쓴 수기가 《철학의 위안 De Consolatione Philosophiae》이다.

[**] 아우구스티누스가 쓴 《고백록》의 권두언. "당신은 인간을 그가 기쁨으로 당신을 찬양하듯이 그렇게 창조하셨다. 왜냐하면 당신은 우리를 당신의 소유물로 창조하셨기 때문이다. 우리의 마음은 당신에게서 쉴 때까지는 평안을 얻을 수 없다."

있는 사람들에게는 별로 증명을 요구하지 않는다. 그들은 다만 이 감정을 몰랐던 지난날을 슬퍼할 따름이다.

5월 12일

인간이 하나님에 대해서도 가지고 있는 자유의지로 우리는 하나님을 거부할 수 있다. 즉 하나님과의 관계를 의식적으로 끊어버리는 것이다. 그러므로 '은총의 선택'도, 하나님을 거부하는 것도 가능하다. 구약의 다윗도 만약 그가 왕자로서 권력 의식을 가지고 예언자 나탄의 질책을 물리쳤다면 하나님을 거부했을 것이다. 또 〈누가복음〉 4장이 현실적 의의를 가진다면, 그리스도 역시 하나님을 거부할 가능성을 부정할 수 없다. 그러나 이렇게 한번 받아들였던 하나님을 잃는다는 것은 인생의 알 수 없는 일의 하나로, 불가사의한 많은 현상, 특히 신경병과 광기의 근원이 바로 이것이다.

여기에 대해서는 너무 깊이 파고들지 않는 것이 좋겠다. 어떠한 일이 있더라도 결코 하나님과 연결된 줄을 끊지 않겠다고 결심하는 것이 훨씬 더 낫다.

5월 13일

킹즐리*가 남긴 아름다운 말 가운데, "마음을 보라. 그리고 자비심을 가져라. 행동을 보고 꾸짖지 말라"는 말이 있다. 이것

---

* 영국 성공회 성직자이자 소설가.《이봐 서쪽이야!Westward Ho!》라는 모험소설이 있다.

은 하나님의 가르침과도 같은 올바른 인간 지식을 보여주는 교훈이다. 이 말은 마땅히 법정에 걸어두어야 할 것이다.

그러나 이와는 반대로, "올바른 마음이 결여된 행동은 높이 평가하지 말라"는 것도 역시 진리이다. 이것은 역사 교실에 붙여두어야 할 것이다.

인간의 육체가 맑아진다면, 즉 순수하게 동물적인 그 무엇이 사라진다면, 정신이 밝고 강해진다는 것은 육체에 대하여 여태까지 언급된 것 가운데 가장 의미 있는 말이며, 미래 의학에서 기본적인 신념이 될 만하다.

5월 14일

종교적인 일에서는 한없이 순수한 성의와 진실만이 필요하다. 그러므로 아무런 정신이 깃들지 않은 형식, 이를테면 성의 없는 식전 기도, 내키지 않는데 마지못해 교회에 가는 것, 억지로 하는 가정예배 따위는 신앙에 무익할 뿐만 아니라 오히려 신앙을 해친다. 이른바 신실한 가정에서 자란 수많은 아동의 경험이 이것을 확실히 증명하고 있다.

5월 15일

인간관계에서 가장 해로운 것은 허영심이다. 아무리 우둔한 사람조차도 허영심을 꿰뚫어보는 정확한 본능을 가지고 있다. 그들은 허영심의 그림자가 보이지 않을 경우에만 기꺼이 복종한다.

허영심은 언제나 감지된다. 다른 악덕은 그래도 숭배하는 자가 있지만, 허영심만은 어느 누구의 마음에도 들지 않는다. 그래서 허영심은 그 목적을 이루지 못하기 때문에 악덕 중에서도 가장 졸렬하다.

5월 16일

사람과 사귈 때 가장 유쾌하고 유효한 것은 언제나 변함없는 우정이다. 어린아이뿐 아니라 동물도 이러한 우정을 잘 느낀다. 뿐만 아니라 그것이 우연적인 것인지 일시적인 것인지, 그렇지 않으면 오랫동안 변치 않을 것인지도 곧잘 판별한다.

5월 17일

인간의 영혼을 올바른 길에서 벗어나게 한다는 것은 매우 힘든 일이다. 그러므로 악마도 숭고한 동기의 도움이 없이는 그것을 성취할 수 없다. 그러나 단 한 번 하나님을 우러러보거나 부르는 것만으로도 악마의 짓을 죄다 무로 돌리기에 충분하다. 이것은 장엄한 일이다. 괴테의 《파우스트》 1부는 이것을 감동적으로 표현하고 있다. 그런데 악마의 올가미에 걸리더라도 거기서 빠져나오는 것은 쉬운 일이기 때문에 (일반적으로 올가미를 피하는 것보다 쉽다) 이 정도 노력마저도 하지 않으려는 낙담자나 염세주의자가 가혹한 비판을 받는 것은 당연하다.

당신이 무엇인가에 붙들려 있다고 느낀다면 그 사슬을 끊어라. 자기 힘만으로 사슬을 끊고자 하면 단단하지만 하나님의 힘을 빌리면 그렇지 않다. 하나님의 힘은 언제든 빌릴 수 있다. 만약 도움을 주시지 않는다면 당신의 힘으로 할 수 있는 그 무엇이 아직도 당신의 내부에 있기 때문이다. 당신이 그것을 모른다면 하나님이 가르쳐줄 것이다. 그러나 대개의 경우 당신은 그것을 매우 잘 알고 있다.

5월 18일

내적으로 크게 진보할 때마다 절망에 대한 유혹이 앞서고, 큰 고난을 겪을 때마다 내적 기쁨과 힘이 느껴진다. 하나님은 이렇게 우리가 고난을 견딜 수 있을 만큼 단련시킨다. 나는 훌륭한 성공을 거두기 전만큼 불행했던 일이 없었고, 또 가장 어려운 일을 당하기 전만큼 기쁘고 굳세게 느껴본 적이 없다.

만약 당신이 우울하거나 불안하거나 기분이 좋지 않다면 바로 진지한 일을 시작하라. 쉽사리 그럴 수 없을 때에는 누군가에게(복음서에서 말하는 '이웃'에게) 작은 기쁨을 주라. 이것은 언제든 할 수 있는 일이다. 향락이나 기분전환으로 우울함을 쫓아내려고 하는 것보다 이것이 훨씬 효과적이다. 보통의 방법으로는 우울함이 곧 찾아올 것이다.

다른 사람의 경우에도 충고나 격려보다는 작은 선물을 하는 것이 우울함을 쉽게 쫓아낼 수 있다.

5월 19일

'명성'은 때때로 자기 개선의 길에 장애가 된다. 부스 부인은 자신의 편지에서 이것을 "오늘날 기독교계의 저주"라고 불렀다. 세상의 비판에 오르고 또 구설의 원인이 되는 별난 일, 이상한 일은 일절 하지 않는 것이 좋다. 세상 사람들의 혓바닥은 날카로운 메스이다. 이것에 닿으면 우리가 종전에 들었던 명성은 거의 남아나지 않는 경우가 많다. 그렇게 되면 한층 큰 명성을 만회해야 한다. 그리하여 중요한 것은, 우리의 삶에서 두 번째로 명성을 쌓아올려야 할 때에는 하나님의 도움이 있어야 한다는 것이다.

이에 비해 평범함은 명성을 중히 여긴 데 따르는 응보이다. 이것만큼은 과장 없이 말할 수 있다.

5월 20일

현실적으로 우리 내부에서 일어나는 것은 모두 사실이지 관념이 아니다. 여태까지 없었던 그 무엇이 바야흐로 생기는 것이다. 이 발생을 유도하는 길은 그것이 생기게 된다는 확신이다.

"너희 믿음대로 되라."

많이 믿는 자는 많은 것을 얻을 것이다.

모든 힘든 일은 나중에 현실로 나타날 때보다 미리 예상될 때가 더 힘들다. 그리스도 자신도 제사장이나 로마의 법관 앞에서보다, 아니 십자가 위에서보다 오히려 겟세마네에서 더 큰 고뇌를 느꼈을 것이다. 만약 그리스도가 주저하고 굴복할 가능성이 있었다면, 그것은 틀림없이 겟세마네에서 일어났을 것이다.

5월 21일

참다운 신성이란 하나님의 뜻을 언제나 기꺼이, 가볍게, 마치 당연한 것처럼 행하고 또 참고 견디는 것이다. 그 밖의 신성은 모두 불순하다.

신앙에서 곤란한 것은(어쩌면 좋은 것인지도 모르지만), 가장 강렬한 신앙 체험을 결코 이야기할 수 없다는 것, 또 이것을 이야기하더라도 다른 사람들은 시시하다거나 믿기 어렵다고 생각한다는 점이다.

5월 22일

프리드리히 니체는 《방랑자와 그의 그림자》에서 부자와 무산자라는 두 가지 인간 계급은 사라져야 한다고 말했다. 기발하고 과격한 표현이기는 하지만, 온전히 그 목적에 적합한 국가(아직은 '이상'에 지나지 않지만)에서는 틀린 말이 아니다. 사람들은 냉정히 이렇게 주장할 수 있다. 이 두 계급이 생겼다는 것은 오늘날 하나의 불행이다. 이들 계급은 도덕적·정신적 발전에 장애가 되고, 사회 전체에도 유익하지 않다. 기묘한 것은, 부자에게 부는 속박인데도 거기서 벗어나려고 결심한다든지(이것은 대개 쉬운 일이며, 실제로 인생의 기쁨을 조금도 놓치지 않고 할 수 있는 일이다), 또 스스로 부를 관리하려고 한다면 적어도 살아생전에 부를 정당하게 사용하겠다고 결심할 수 있는데 실제로 그런 부자는 극히 적다는 것이다. 부는 그들을 포로로 만드는 힘을 가졌기 때문이다.

부와 축복은 완전히 다른 것이다. 축복이 따르지 않는 부는 별로 가치가 없다. 노력으로는 축복을 얻을 수 없다. 축복은 신비로운 힘이다. 그것은 어떤 성질처럼 개인에게 따라다니며 그에게 호의를 보이고 선을 행하는 사람들에게 영향을 미친다. 현명한 사람이라면 언제나 이런 사람과 관계를 맺고, 축복이 따르지 않는 사람들은 되도록 피하려고 할 것이다.

5월 23일

사랑은 다른 어떤 것보다도 사람을 현명하게 해준다. 사랑만이 인간과 사물의 본질에 대하여, 또 사람들을 돕는 가장 올바른 길과 방법에 대하여 바르게 통찰하게 해준다.

그러므로 무엇이 가장 현명한 방법인가를 묻는 대신, 무엇이 가장 깊이 사랑하는 방법인가 묻는 것이 더 낫다. 왜냐하면 후자가 전자보다 훨씬 이해하기 쉽기 때문이다. 무엇이 가장 깊이 사랑하는 방법인가에 대해서는 재능이 부족한 사람도 자기를 스스로 속이려고 하지 않는 한, 그리 쉽게 자기기만에 빠지지 않는다. 그런데 아무리 재능이 풍부한 사람일지라도 단지 영리한 것만으로는 장래의 모든 일을 올바르게 예측하고 판단할 수 없다.

5월 24일

겉으로 드러난 일시적인 성공보다는 일의 결과에 주목하는 것이 더욱 나은 처세의 지혜이다. 이에 대하여 영국의 한 종교개혁 선구자가 말했다. "최후에는 진리가 승리할 것임을 나는 확신한다." 이상주의라는 것을 이렇게 눈에 보이는 성공을 넘어서서 사물을 보는 의미로 해석한다면, 그리고 종교에 뿌리를 두고 적절한 상식과 결부시킨다면, 이것은 언제나 최후에 승리를 거둘 수 있는 유일하고 성과가 풍성한 인생관이다.

5월 25일

"나의 기름 부은 자를 만지지 말며 나의 선지자를 상하지 말라 하셨도다." 이 말은 보통 글자 그대로 해석되고 있다. 그러나 이 말에는 하나님에게 몸 바친 사람들을 세속적인 정신을 가진 사람들의 우정과 악영향에서 보호하는 것도 포함되어 있다. 사실 이러한 우정은 하나님에게 몸 바친 사람들에게는 어떠한 적의나 박해보다도 더 큰 해가 된다.

5월 26일

우리가 슬픔을 느낄 때 언제나 '자아'가 그 책임을 나누고 있다. 자아를 버리면 정신의 힘이 그만큼 더 커지게 마련이다.

우리는 원칙적으로 도움을 줄 수 있는 존재에게 호소해야만 한다. 그러므로 인간에게 호소해보았자 소용이 없다. 인간은 대개 남을 도울 수가 없고, 때로는 도우려고도 하지 않는다. 뿐만 아니라 거의 언제나 남을 돕는 것에 대해 공포나 혐오를 느끼는 것이 인간이기 때문이다.

5월 27일

이 세상에 하나님이 있다면, 필연적으로 선에 대한 정의와 악에 대한 형벌이 존재할 것이다. 이것을 의심하는 것은 하나님을 모독하는 일이다. 설령 하나님이 없다 하더라도, 이성적인 이유에서 악을 행하는 것보다 선을 행하는 것이 아무래도 안전하다. 그렇게 되면 가능한 한 빨리 이 세상을 떠나는 것도 좋을 것이다. 그때는 오래 사는 것도 별 가치가 없을 테니.

5월 28일

현대에는 명백한 과장인 칼라일의 '영웅 숭배', 니체의 '초인주의', 독일의 비스마르크 숭배, 괴테 찬양 등도 지상에서 가장 큰 힘은 국민의 수나 병력이나 부가 아니라 하나님의 영혼으로 채워진 개개의 인격이며, 이것은 한 국가의 가치에서 다른 무엇과도 비교할 수 없다는 올바른 사상이 그 바탕에 깔려 있다.

5월 29일

기도와 사색은 결코 대립하는 것이 아니다. 오히려 이 둘은 진리를 완전히 파악하는 데 필요하다. 즉 하나는 스스로 진리를 탐구하기 위하여, 다른 하나는 하나님의 계시를 얻기 위하여. 어느 한쪽만으로는 둘 다 갖춘 경우처럼 완전히 작용할 수 없다.

5월 30일

전체적으로 큰 과오 없이 살아온 삶에서 가장 위험한 시기는 삶이 권태롭게 느껴지기 시작하는 때이다. 이때 큰 목표가 없는 사람은 절도를 지키면서도 정신을 마비시키는 관능주의에 빠진다. 또 어떤 사람은 야심이나 당파심이나 탐욕 속에서 흥분을 찾는다. 일상생활에서 긴장이 풀려 있기 때문이다. 또 어떤 사람은 신앙을 팔아 생활의 양식을 얻는다.

삶은 모든 일에서 진실만을 염두에 둔다면 매우 단순한 것이다. 그래서 사람들은 더 바쁘고 더 흥분되는 그 무엇을 다른 곳에서 찾으려고 한다.

하나님은 당신의 사랑하는 아들들이 인생의 위험한 고비를 넘을 때까지 생활의 양념으로 고난과 무거운 사명을 내린다.

5월 31일

우리는 기쁨보다 고난을 좋아하며, 마침내 기쁨을 경계하는 경지에까지 도달할 수 있다. 여기에 도달하면 인생의 가장 큰 고난은 이미 지나가버린 것이나 다름없다.

고난을 빨리 제거하려고 하거나 완전히 수동적으로 스토아주의자처럼 무감각하게 참고 견디는 것은 정당하지 않다. 오히려 이것을 씨 뿌리는 시기로 이용해야 한다. 그리하면 훗날 축복의 열매를 얻을 수 있다. 그런 기회는 한번 지나가면 쉽사리 같은 방법으로 되돌아오지 않는다.

하나님의 가장 큰 은혜는 승리를 거의 쟁취했을 무렵에 비로소 큰 고난을 알게 된다는 점이다. 그렇지 않다면 아무도 싸움을 시작할 용기를 가지지 않을 것이기 때문이다.

6월

6월 1일

선견지명이 있는 하나님의 차분한 인도는 직접 경험하지 않는 한 누구도 믿을 수 없는 가장 불가사의한 경험이다. 하나님의 인도는 언제나 불안과 고통을 통해 이루어진다. 인간은 자기가 가진 모든 것을 언제든 희생할 각오를 해야 한다. 특히 이것만은 내 것이라고 부르는 자기의 의지를 하나님에게 온전히 맡길 준비를 해야 한다.

그렇게 하면 갑자기 새로운 단계가 열린다. 이 단계에 이르면 먼저 일어났던 일들이 분명하게 보이고, 다행히 좋은 길을 선택했다는 것, 그리고 이제 새로운 자유가 영원히 주어졌다는 것이 명백해진다. 하나님이 인도하는 길에서는 한번 지나가버린 것은 다시 되풀이되지 않기 때문이다. 이것이 바로 인간이 스스로 택한 자기 개선의 길과 크게 다른 점이다. 스스로 택한 자기 개선의 길은 부질없이 발버둥치다가 지친 나머지 세상 사람들의 사고방식으로 되돌아가는 후퇴에 지나지 않는다.

6월 2일

　　삶에서 중요한 일은 언제나 내 의지와 상관없이, 아니 내 의지에 반하여 일어났던 경험은 우리 삶에 영향을 미치는 초감각적 힘이 존재한다는 확신을 심어주었다.

6월 3일

　　진정으로 하나님을 믿는 사람들은 실제로 다른 부류이며, 때로 세상 사람들과 어울릴 때 스스로 이상하게 느끼는 일이 있다. 왜냐하면 진정한 신앙은 이미 그리스도가 말했듯이 보통의 신앙과는 조금 다르며, '산을 움직일' 뿐만 아니라 그보다 더 어려운 인간의 마음과 사상마저 움직일 수 있기 때문이다. 이러한 신앙은 하나님을 사랑하는 영혼에 하나님이 적극적으로 다가가지 않고서는 성립되지 않는다. 이것은 무엇과도 비교할 수 없는 기적이다. 여기에 비하면 그 결과로 생기는 이상한 작용이나 정신적인 힘은 그저 당연하고 자연스러운 것으로밖에 생각되지 않는다. 그러나 이들은 모두 옛날부터 그러했기 때문에 지금도 가능할 것이다. 지금 우리가 기대하고 있는 것도 바로 이러한 축복이다.

6월 4일

　　하나님의 영혼이 문을 두드릴 때 우리가 마음의 문을 여는 것이지, 하나님이 우리의 소망에 따라서 더 좋은 삶의 문을 여는 것이 아니다. 〈요한계시록〉 3장 20절*에 있는 이 말씀은 인간의 자유의지에 관한 숭고한 견해이다. 그러므로 우리가 마음의 문을 열지 않는다면 그만큼 우리의 책임이 크다. 왜냐하면 이 경우는 할 수 없는 것이 아니라 원하지 않는 것이기 때문이다. 다시 말해 눈앞에서 바로 얻을 수 있는 구원을 거절하는 것이다.

6월 5일

기독교계는 완전한 사람들의 공동체가 아니라 약자, 자기의 나약함을 아는 사람들이 기독교라는 길을 따라가서 올바른 생활에 도달하겠다는 선한 의지를 품은 자들의 공동체이다.

6월 6일

현대의 그릇된 종교 교육은 우리에게 하나님을 사랑하는 법을 가르치지 않고 두려워하는 것만 가르칠 뿐이다. 그 이면에는 하나님에게서 달아날 수 있다면 그것이 더 좋다는 생각이 숨어 있다. 왜냐하면 '공포는 고통'이기 때문이다. 우리는 유감스럽게도 하나님을 가진 행복을 만년에 가서야 비로소 알게 된다. 이미 구약성서에 하나님은 그 이전 다른 모든 신들, 때로 불순한 신들이 소유했던 것을 받아들이지 않을 수 없었다는 것이 감동적으로 표현되어 있는데, 이 탄식은 오늘날에도 변함없는 살아 있는 진실이다.

---

* "볼지어다. 내가 문밖에 서서 두드리노니 누구든지 내 음성을 듣고 문을 열면 내가 그에게로 들어가 그와 더불어 먹고 그는 나와 더불어 먹으리라."

6월 7일

우리가 세상의 갖가지 일을 동정심을 가지고 볼 수 없다면 세상과의 접촉은 반드시 우리의 내적 인간을 해칠 것이다. 이것이 수도원 생활을 정당화하는 이유이다. 그러나 상대적으로 그렇다는 것이다. 그와는 다른 방책도 있기 때문이다. 우리는 언제나 실질적인 교훈을 담담한 마음으로, 누구에게서나 감사하며 받아들여야 한다.

이에 반해 일반적 인생관에 대해서는 똑같이 사색과 경험을 통해 내면에 깊이 새기고, 명석해지려 노력해야 한다. 그러나 이 경우 다른 사람의 영향에 늘 개방적이어서는 안 된다. 시대정신과 상통하지 못하고 대립한다면, 자기 인격을 희생하면서까지 따를 가치가 있는 것은 드물다. 오히려 개인이 시대정신에 다른 방향을 제시한 예가 많다.

민중도 노예도 정복자도
그들은 언제나 고백한다.
지상에 사는 자의 가장 큰 행복은
인격뿐이라고.

자기 자신을 잃지 않는다면
어떻게 살아도 좋다.
자기의 본질에 머물러 있는다면
모두를 잃어도 좋다.
– 괴테

"사소한 관찰에 마음을 많이 쓰는 사람이 어찌 위대한 일을 생각해 내랴."(베이컨)

6월 8일

현대 영국의 한 여성작가는 이렇게 말했다. "모든 만남과 이별, 우연한 인사, 약속된 모임, 이 모두는 우리에게 허용된 기회이다. 이것들을 잘 이용하느냐 마느냐는 우리에게 달려 있다. 우리의 자식, 하인, 친구, 친지 들에게 우리는 매일 그리고 온종일 이 세상에서 가장 좋은 것, 또는 가장 나쁜 것을 나눠주고 있다."

6월 9일

"그러면 너의 하나님은 어디에 있는가?" 이 물음은 지금 많은 나라의 '실리적 정치'에도 불구하고 또다시 자주 제기되고 있다. 그 대답은 확실히 주어져야 할 것이다. 옛날 세계의 여러 큰 나라들이 그 답을 주었듯이. 그 나라들은 지금 어디에 있는가? 오직 유대의 소민족만이 남았을 뿐이다. 그들의 모든 결점과 불신에도, 또 그 당시 그들이 지은 무거운 죄과에도 불구하고 앞으로도 존속할 것이다.

왜냐하면 "하나님의 은사와 부르심에는 후회하심이 없기" 때문이다. 우리가 하나님을 버렸을 때에도 하나님은 약속을 어기지 않는다. 하나님을 버리는 자는 틀림없이 벌을 받는다. 그러나 불완전하게나마 하나님을 믿는 자는 영겁의 벌을 받지 않는다.

6월 10일

블룸하르트와 그 밖에 역사적으로 증명된 기적을 행한 사람들의 '힘'을 구성한 것은 아마도 사욕 없는 사랑이었을 것이다. '사욕 없는'이라는 수식어를 붙일 수밖에 없는 것은 유감이지만, 이것은 꼭 필요하다. 이것은 또 비범한 사람들의 무수히 많은 모방자가 그렇듯이, 그 자신에게 때로는 이 힘이 줄어들기도 하고 동요하기도 하는 이유를 설명한다. 왜냐하면 이 사랑은 (그것과 불가분의 관계인) 신앙과도 같이 복음에서 커다란 진주이며, 이것을 얻으려면 다른 모든 것을 버리지 않으면 안 된다. 그리고 이 사랑은 끊임없이 시험받고 이용되므로 언제나 현존해야 한다. 이것은 불과 같아서 약해졌다가 커지기도 하며, 언제나 일정 수준으로 유지되지 않는다. 또 이것은 절대로 기만할 수 없다. 우리는 스스로 신앙을 가졌다 생각하고 다른 사람을 설득할 수 있다. 그러나 사랑은 그렇지 않다. 사랑에는 오직 진실만이 필요하다.

모든 현상은 반드시 시련의 날을 맞게 되며, 그때 가장 무서운 대가를 치른다. 인간의 성스러운 보물을 위조한다면 반드시 벌을 받을 것이다.

신앙의 열쇠는 본래 사랑이다. 하나님이나 그리스도에 대한 반감이 마음에 작은 흔적으로도 남아 있는 한 신앙은 어려운 것이다. 그러나 이 반감이 하나도 남김없이 소멸한다면 신앙은 쉬운 것이다. 이것을 넘어서는 데에는 신학도 아무 소용이 없다. 진실한 신앙에 도달하는 길은 이것 외에는 없다. 만약 누군가가 믿을 수 없다고 주장한다면, 하나님에 대한 반감을 버리지 못했다는 점에서 그는 비난받게 된다.

6월 11일

"주께서 그의 백성을 심판하리라." 이것은 우리가 고난에 처했을 때, 특히 전 국민이 고난에 처했을 때 가장 큰 위안이 되는 말이다. 왜냐하면 주님의 심판을 받을 때 우리는 주님의 백성임을 확실히 알기 때문이다. 그분은 다른 백성들이 그릇된 길을 가게 내버려두고, 최후에는 그들의 행위로 인한 논리적 귀결에 따라 가차 없이 파멸하게 버려둔다. 주님은 그들의 나라를 조금은 관대하게, 그러나 때를 놓치지 않고, 아니면 얼마쯤 늦어도 가혹하게 심판하지만, 그곳에 사는 당신의 종들을 가엾게 여긴다는 것은 더 말할 필요도 없다.

6월 12일

인간의 경력은 사실 커다란 환영(幻影)이다. 매끈한 표면 아래 숨어 있는 것을 사람들은 전혀 보려고 하지 않는다. 때때로 표면에 금이 생겨 하나님이 보시는 대로 내부의 거짓 없는 모습이 드러날 뿐이다.

그러나 인간적 정의에서 보면 19세기 문명의 '획득'에 대한 일방적인 찬양 뒤에 온 정치적 염세주의의 영향 아래 우리가 지금 그것을 인식하는 것보다는 더욱더 위대하다. 그러므로 세상에 널리 알려져 있는 사람이 죽은 뒤에 곧 그에 관해 전설이 아니라 대체로 정확한 여론이 생기게 마련인데, 이것은 선전하지 않더라도 오랫동안 지속된다.

역사적으로 악인이 명성을 오래 유지한 예를 나는 하나도 모른다. 오히려 반대의 경우가 적지 않은데, 이것은 선한 사람도 종종 약점을 가지고 중대한 오류에 빠진다는 데 그 원인이 있을 것이다. 그러나 그의 본바탕이 선하다면 그 오류는 용서된다. 성직자들부터 종교개혁자에 이르기까지 교회의 유명한 지도자들이 그 예이다. 비스마르크, 괴테, 프리드리히 대왕도 그러하다.

이로써 우리가 분명히 알 수 있는 것은, 인간의 가슴속에는 정의에 대한 깊은 욕구가 있다는 사실이다. 이 욕구는 우리가 생사를 걸고 깊이 신뢰하는, 그리고 확실히 실재하는 하나님의 정의의 결과이며 그 여운이다.

6월 13일

스스로 행복하다고 느끼려면 언제나 계획으로 가득한 머리와 사랑이 넘치는 심장을 가져야 한다는 말은 정당하다. 그러나 클레르보의 성 베르나르가 했던 말은 모든 사람이 실행하기 쉽기 때문에 그보다 더 정당할 것이다. "진실하고도 가장 큰 환희는 피조물이 아니라 조물주가 내리는 것이다. 일단 이것을 가지면 누구도 빼앗아갈 수 없다. 이에 비하면 모든 쾌락도 고뇌이고, 모든 희열도 고통이고, 모든 달콤한 것도 쓰고, 모든 화려한 것도 보잘것없고, 모든 환락도 천한 것이 된다."

성 보나벤투라는 말했다. "하나님이 어떤 사람에게 자신을 사랑하는 은총을 주었다면 그것으로 충분한 축복이다." 이것은 철학 또는 신학이라 불리는 것을 가장 간단하게 요약한 말이다. 여기서 가장 큰 지식도 그 이상 또는 그 외의 것을 뜻하지 않는다. 이 외에는 무엇도 축복을 받는 데 필요하지 않다.

하나님에 대한 사랑만이 근본적으로 우리를 이기심에서 해방시킨다. 그리고 그것만이 모든 참다운 개선의 시작이다. 우리의 가슴속에서 하나님에 대한 사랑이 커지지 않는 한 인류애, 인도주의, 윤리 등도 아무런 힘을 갖지 못한 헛소리에 지나지 않는다.

6월 14일

책을 너무 많이 읽는 것은, 이른바 양서나 종교적인 책이라 하더라도 주관이 바르게 서지 못한 사람에게는 나쁠 수 있다. 왜냐하면 그들은 순수하지 못한 다른 의견이나 기분을 쉽게 받아들이고, 그의 사정에 맞지 않아 오히려 자신의 요구에 어두워지고, 신념이나 삶의 사명에 대해서도 갈팡질팡하게 되기 때문이다.

이보다는 좋은 책을 몇 권 읽고 사색을 많이 하는 것이 그에게 진보를 가져다준다.

6월 15일

"용기를 잃지 마라. 언제나 용감해라. 그러면 적당한 시기에 위안이 찾아올 것이다." 용기는 모든 인간적인 성질 중에서 가장 유익한 것이다. 그것은 언제나 잠깐만 발휘하면 충분하다. 그러면 일이 잘 풀려간다. 그러나 재빨리 지나가는 결정적인 순간에 용기를 잃는다면, 그 때문에 전 생애의 노력이 수포로 돌아가는 수가 있다. 그러므로 결코 용기를 잃어서는 안 된다. 다만, 어떤 일을 중단하는 것이 하나님의 명백한 의지일 때는 어쨌든 하나님의 도움을 믿고 기다려야 한다. 하나님의 도움은 아무것도 방해할 수 없으며 모든 손실을 보상해준다.

이러한 의미로 해석한다면 부처의 다음 말도 좋은 것이다. "마음에 선한 생각이 가득하다면 악이 들어갈 여지가 없다." 사람은 늘 올바른 생각만 하고 살지는 않는다. 올바른 생각도 때때로 바람에 날려 가곤 한다. 물론 즉시 그 생각을 불러올 수는 없다. 그러나 용기는 일종의 기분이다. 상황이 좋아질 때까지 노력으로 이것을 유지할 수 있다. 전쟁도 마찬가지다. 인생도 전쟁과 비슷하여 같은 전술적 원리에 따라서 영위된다.

6월 16일

처음부터 사람에게서 위안을 찾아서는 안 된다. 먼저 하나님에게서 구해야 한다. 그렇게 위안을 얻은 다음 사람을 만나야 한다. 그러면 다른 사람이 우리에게 호의를 나타내고, 우리도 그들의 충고를 받아들일 수 있다.

주조*가 제시한 네 가지 사교의 규칙은 여전히 매우 유익하다. "누구든 친절하게 대할 것, 대화는 간단히 끝낼 것, 손님을 위로해서 돌려보낼 것, 그에게 집착하지 말 것."

6월 17일

한 사람의 생애에서 상당 기간에 걸쳐 〈시편〉 110편에 있는 기다리라는 권고가 하나님의 끊임없는 지시가 되어 유익하게 쓰이는 일이 흔히 있다. 그러나 그 뒤에 갑자기 그것과 반대되는 명령이 내려진다. "오라, 너를 애굽에 보내리라." 그때 "주여, 다른 자를 보내소서"라고는 대답하지 못하게 되어 있다. 이 두 가지 명령에 기꺼이 따르고, 또 양쪽의 시기를 잘 이용할 줄 아는 자는 내적으로 가장 빨리 진보할 수 있다. 그러나 보통 사람이라면 둘 중 그 어느 쪽도 따르지 못한다.

악인이 크게 후회하지 않는다면, 그것은 그것대로 가장 무거운 형벌이다. 후회를 동반하지 않은 죄의식은 이미 지옥이나 마찬가지다. 이런 경우 결국 광기에 이르고 마는 것은 전적으로 수긍할 수 있는 일이다.

이에 반하여 악인이 구원을 받고자 한다면, 바로 그러한 이유만으로도 그는 흔히 말하는 선량한 사람들보다 오히려 더욱더 구원에 가까이 다가갈 수 있을 것이다.

---

* 하인리히 주조는 14세기 독일 카르투지오 수도회의 신비주의자.

6월 18일

　　　　사람과의 만남에서 내적 확신이 가장 소중하다. 왜냐하면 많은 사람들이 자신들을 지도할 다른 사람을 구하고, 자신감 넘치는 지도자의 굳건한 이기주의마저도 감수할 수 있기 때문이다. 이러한 예는 굳이 찾지 않더라도 오늘날 곳곳에서 흔히 볼 수 있다. 과거에는 나폴레옹 1세가 가장 좋은 예였다.

　가장 큰 내적 확신은 점액질의 기질에서 생기거나 하나님에 대한 확고한 믿음에서 나온다. 후자는 적어도 일시적으로는 강한 숙명론으로 대신할 수 있다. 그러나 믿음이 없을 때에는 커다란 동요가 올 것이라고 얘기해도 틀림이 없다. 이것에 관하여 앞에서 얘기한 양자의 결합은 큰일을 지도하는 데 가장 알맞은 성격의 기초가 된다.

6월 19일

　　　　공동생활을 어렵지 않게 해주는 기분 좋은 성질은 될 수 있다면 무슨 일이든 흔쾌히 다른 사람의 요구에 응하는 호의와 시원스러움이다. 그러나 세상에는 눈과 혀에 영원한 '거절의 의사'를 지니고, 아무것도 아닌 일에도 다른 사람의 의견을 따르지 않다가 늘 길게 부탁하고, 설득하고, 나무라고, 재촉한 뒤라야 비로소 말을 듣는 사람이 많다. 그 때문에 아무리 좋은 사람이라도 남에게 호감을 얻지 못하는 수가 있다. 이런 나쁜 습관에서 얼른 벗어나야 한다.

6월 20일

　　　　내적 생활은 쇠를 단련하는 것과 비슷하다. 내적 인간은 끊임없이 되풀이해서 불에 달구고 망치로 강하게 내려쳐야 단련이 된다. 이리하여 그는 차츰 하나님이 원하는 형상을 갖고, 하나님의 목적에 쓰일 수 있게 된다.

　한 가지 덧붙여 큰 위안이 되는 것은, 이렇게 단련된 사람은 언제까지나 단단한 동시에 유연하다는 것이다. 이에 반해 자기의 계획과 노력만 가지고는 어딘가 견실하지 못하다.

6월 21일

　　　　고난은 사람을 강하게 하지만, 쾌락은 사람을 약하게 할 뿐이다. 고난을 용감하게 참고 견뎌낸 뒤의 휴식은 아무런 해가 없는 환희이다. 모든 고난은 필요한 만큼의 환희를 그 안에 품고 있다.

　만약 당신이 하나님에게서 멀어지는 환희보다는 당신을 하나님에게로 몰아대는 고난을 더 사랑한다면, 그때 당신은 바른길 위에 서 있는 것이다.

　나는 하나님의 아들이 완전한 절망 속에서 죽은 예를 한 번도 본 적이 없다. 그러나 절망하고 싶은 유혹은 때때로 선한 사람들에게도 찾아온다.

6월 22일

　　　　세상을 품위 있게 살아가고, 특히 평범한 생활을 초월

하여 언제나 더 큰 목적을 염두에 두고 그것을 놓치지 않으려면 정열이 필요하다. 또 삶을 헛되이 하지 않으려면 본질적으로 이러한 목적을 위해 바쳐야 한다.

그렇지만 건전하고 냉정한 양식이 이러한 정열과 결부되어야 한다. 그런 조화 속에서 유능한 인간의 성격이 생겨나는 것이다.

6월 23일

> "멀리 그의 배후에, 실체 없는 가상 속에,
> 우리 모두를 구속하는 비속한 것이 있었다."

괴테가 실러에게 바친 이 추도사는 교육의 이상 또는 '문화의 이상'이라는 것을 수립하려고 할 때 칼라일의 단순한 영웅 숭배나 니체의 초인보다도 그 이상을 한층 더 잘 표현하고 있다. 우리를 새로운 민족 이동의 시대로 되돌리려는 듯 교양 없고 거친 게르만 민족, 이른바 '금발의 야수'는 힘을 위해 다른 모든 것을 바꾸려고 하는 신경쇠약증 환자 또는 순수한 독일 민족이 살지 않았던 국토의 망상적인 이상에 그칠 것이다. 그런데도 독일 민족은 더 큰 이상을 가지고 문화의 초창기부터 두 가지 특성을 항상 지녀왔다. 그 하나는, 다른 어떤 민족도 갖지 못한 성실한 성품이며, 다른 하나는 이미 로마인 타키투스가 당시 독일인을 보고 경탄했던, 남녀의 순결을 사랑하는 성품이다. 세계 지배에 대한 독일인의 사명도 바로 이 두 가지 특성과 결부되어 있었다. 따라서 독일인이 이 사명에 기여할지는 이러한 특성에 달렸다.

6월 24일

　　만약 당신이 싸움에 임하여 아직도 악을 두려워한다면 처음부터 싸움을 단념하라. 두려움은 패배를 예감하는 것이며, 따라서 용사에게는 가장 용서할 수 없는 결점이기 때문이다.

6월 25일

　　커다란 위기가 끝나면 때때로 인간의 생각 속에 보통의 인간적인 것을 초월한 자유로운 평가와 함께 자기의 과거와 미래를 만나는 순간이 있다. 이때 그릇된 길로 빠지려다가 거의 기적적이라고 할 수 있는 하나님의 보호로 그것을 면할 수 있었던 한없이 많은 순간을 인식한다면, 그 은총에 감사하는 마음으로 가슴이 벅차오르고, 또 앞날에 축복이 가득할 것이라는 확신에 정신이 고양될 것이다. 생애의 마지막도 반드시 그러할 것이다.

베아트리체가 말하되,
"마지막 구원의 순간이 다가왔으니
당신은 눈이 맑고 날카로워야 해요.
그러면 그 안으로 더 깊이 들기 전에 아래를 보고
어떠한 세계를 발아래 두었는가를 살필지니,

이는 이 둥근 대기를 거쳐 기뻐하며

개선하는 무리를 향하여

당신의 마음이 한껏 즐거워 보이기 위함이에요."

- 단테,《신곡》〈천국〉편

6월 26일

　　확실히 누구도 자기 자신에게 신앙을 줄 수는 없다. 1527년《기독교 성시법(城市法)》에서 말하듯이, 신앙은 "우리에게 과분한 하나님의 은총"이다. 제3자의 권고나 명령 따위는 전혀 무익한 것이다. 그런데 오늘날 가정과 교회, 학교에서 실시하는 종교 교육은 대개 이러한 것들이다. 우리는 실재론의 세계와는 별개로 더 나은 세계를 동경할 수 있다. 이 동경이야말로 커다란 선물을 받기 위하여 내미는 손이다. 이러한 동경심을 가지도록 아이들을 지도해야 한다.

6월 27일

　　플라톤, 아리스토텔레스, 사도 바울, 단테, 괴테의 사상을 언젠가 완전히 내 것으로 하는 경지에 이를 수 있는지, 또 과연 내 것으로 하는 것이 바람직한지, 동시에 오늘의 견해나 생활 경험보다 나은 것인지, 이 점에 관해서는 상당히 이유 있는 의문을 가질 수 있다.

6월 28일

　　많은 사람들이 기독교를 단지 '신비주의'라고 부른다. 그 신앙을 구하든 구하지 않든, 그에 대한 감수성을 가지고 있든 아니든, 누구나 똑같이 이해할 수 있는 '합리적인' 기독교는 원래부터 존재하지 않는다. 그것을 만들어내려는 갖가지 시도는 끝이 없고, 결국에는 기독교의 진리에 대한 완전한 불신으로 끝날 수밖에 없다.

　그리스도가 바랐던 기독교의 특이성은 어떠한 광신을 동반하지 않는 아주 명료하고 냉정한 양식과 초감각적인 것, 말로써 표현하기 어려운 경험에 대한 정밀한 감각과 적응성의 결합이다. 그러나 이 결합으로 인해 자연히 많은 기도가 생기고, 그 기도를 하나하나 깊숙이 따라가면 그리스도가 바라던 것과는 전혀 반대되는 것에 도달할 수도 있다.

6월 29일

　　정신적 싸움에서는 결코 중립을 지켜서는 안 된다. 그러나 상대방에게 호의를 보이고 그를 이해하는 것은 언제든 할 수 있는 일이다.

　하나님과 개인적으로 긴밀한 관계라는 확신이 들 때 가장 확실하게 다른 사람에게 관대해지고, 그들의 판단에 무심할 수 있다.

　하나님의 완전한 벗이 된 사람에게는 행복한 일 외에는 일어나지 않는 법이다.

6월 30일

　　유물론이든, 일원론이든, 범신론이든, 또는 하나님에
대한 불신을 학문적으로 표현하기 위하여 세상의 이론이 제기하는
문제를 너무 진지하게 논박하지 않는 것이 좋다.

　감각적으로 인식할 수 있는 것만 존재한다는 생각은 자의적일 뿐
만 아니라 진실하지 않으며, 언제나 부정되는 주장이다. 길 위의 돌
멩이 하나, 발아래 밟히는 나무 한 조각도 신이라는 관념 역시 그와
같이 불합리하고 혐오할 만한 것이다. 자각할 수 있는 세계의 배후
에는 모든 인간 창조의 배후에 그것이 있듯이, 필연코 어떤 예지적
존재가 있어야 한다. 우리는 그 존재를 하나님이라 부른다. 그러나
인간의 사상만으로는 이 예지적 존재를 규명하기 어렵다. 만약 유물
론이 이 점만을 주장한다면 그 점에서는 정당하다고 할 수 있겠다.

　그러므로 괴테도 말하고 있다.(에커만, 《괴테와의 대화》, 1827년 4월
11일)

　"자연에는 접근하기 쉬운 것과 접근하기 어려운 것이 있다. 이것을
구별하여 잘 생각해서 소중히 여겨야 한다. 어떤 것은 어디에서 끝나
고, 다른 것은 어디에서 시작하는가를 구별한다는 것은 어려운 일이
지만, 그래도 그것을 알아두기만 하면 큰 도움이 된다. 그것을 모르
는 사람은 진리에 접근하지 못하고, 아마도 평생 그 때문에 괴로워
할 것이다. 그러나 이 구별을 아는 현명한 사람은 언제나 접근할 수
있는 것에 의지할 것이다. 그는 이 영역에서 모든 방면으로 진전하고
자기를 확립하면서, 이 방법으로 접근하기 어려운 것에서도 무엇인

가를 얻을 것이다. 그렇지만 그는 여기서도 상당히 많은 사물은 어느 정도까지밖에 접근할 수 없고, 자연의 배후에는 이해할 수 없는 것이 있으며, 이것을 탐구하는 것은 사람의 능력이 미치지 못하는 영역이라는 것을 고백할 것이다."

오늘날 조리에 맞는 자연과학은 최소한 여기까지는 나아가야 한다. 그렇게 되면 진리를 추구하려는 많은 영혼을 괴롭히는 자연과학과 신앙의 풀리지 않는 갈등은 더는 문제가 되지 않을 것이다.

여기까지는 확실히 그럴 것이다. 순전한 유물론과 범신론은 이제 누구도 만족시키지 못할 것이고, 또 무지와 무신앙으로 분별없이 향락에 빠지는 것은 고귀한 정신을 만족시킬 수 없을 것이다.

모든 종교는 원래 말로써 나타내기 힘든 것을 어느 정도까지 표현하여 사람들이 서로 이야기할 수 있게 하려는 시도에 지나지 않는다. 그렇지 않다면 그것에 대해 이야기하는 것이 전혀 불가능하기 때문이다.

7월

7월 1일

　　"뚫고 나오라!"는 이 짧은 말은 내적 생활이 숱한 위험
에 직면할 때마다 마술 같은 효과를 발휘한다.

　이 말은 아직 무력해지지 않은 이성에 대해서 단념해서는 안 된다
는 것을, 또 단순한 육체적 기분에 번번이 굴복해서는 안 된다는 것
을 가르쳐준다. 동시에 아직도 남아 있는 건전한 의지를 자극하여
무기력한 염세주의와 육체적 또는 정신적 인상에 비겁하게 굴종하
는 것에 저항하게 한다.

　말하자면 하나의 충격이 일어난다. 그리하여 고귀한 영혼은 다시
자유로워지고 참다운 것, 올바른 것을 향하여 움직이기 시작한다.

　이러한 시간은 전 생애를 결정하는 순간이다. 그러므로 당신이 무
언가에 사로잡혀 있다고 느낀다면 그것을 뚫고 나오라!

7월 2일

　　오늘날 교양 있는 사람들 사이에 볼 수 있는 가장 한심
한 현상 가운데 하나는 그들이 건강에 너무나 큰 가치를 둔다는 점
이다. 많은 사람들에게 건강 유지는 바야흐로 다른 모든 관심사를

능가할 지경이다. 세계 역사에서 허약하고 병약한 많은 사람들이 오히려 그 때문에 큰일을 이루고 고난을 잘 견뎌왔다는 것을 그들은 완전히 잊어버린 듯하다.

그러나 건강과 힘에 대한 이런 동경의 참다운 배경은 좋은 일을 할 수 없다는 염려가 아니라, 삶의 향락에 대한 억제할 수 없는 탐욕이 저지당하고 있다는 생각이다. 그리하여 이 사실이 실제로 삶의 향락이 저지되어 괴로워하는 사람들을 동정하는 것을 어렵게 하고 있는 것 같다.

건강은 확실히 큰 선물이다. 그러나 이것을 지나치게 중시해서는 안 된다. 오히려 건강의 손상이나 상실마저도 품위 있게 감당해나가는 법을 배워야 한다. 왜냐하면 건강은 오늘날에도 없어서는 안 될 최고의 선은 아니기 때문이다.

7월 3일

병적 상태는 별로 신경을 쓰지 않고 내버려두면 저절로 사라져버리는 일이 흔히 있다. 또 병약한 사람이 천천히 요양할 만한 처지에 있지 않은데도 여러 해에 걸쳐 기꺼이 자기의 직무를 다하는 예도 있다. 그런데 어떤 사람들은 요양원에 입원하여 내적 위안이 없는 무익한 생활을 보낸다. 이러한 사람들은 무엇인가 해야 할 의무를 간단히 알려주기만 하면 구원을 받을 수 있다.

병약한 사람들에게는 정당한 직무와 사명이 실제로 결여되어 있는 경우가 적지 않다. 그들에게 무엇인가 힘껏 할 수 있는 일을 준다면,

그들은 아마 그로 인해 어떤 치료나 정양, 간호를 받는 것보다 더 건강해질 것이다. 마부는 누구나 자기의 말에 대하여 잘 알고 있다. 그러나 많은 의사와 간호사는 자기들이 보호해야 할 환자에 대해 모르고 있다.

대개의 경우 건강에 가장 좋은 것은 진정한 사랑이다. 이러한 사랑은 당연한 결과로서 모든 저속한 이기주의를 거부하기 때문이다. 그렇지만 이 신비한 약은 어디에서나 흔히 구할 수 있는 것이 아니다. 또 누구나 사용할 수 있는 것도 아니다. 더구나 이것을 어설프게 모방하는 데 만족하고 있는 사람들에게는 사용하기가 가장 어렵다.

7월 4일

철학은 오늘날 수학과 유사한 사고의 훈련이다. 그러나 그것은 사고활동에 정신을 단련시킨다는 것 외에 생활에는 아무런 목적도, 이익도 없다. 철학이란 어느 사상가의 사상 내에서 형성되는 보편적인 세계관의 수립이다. 이를테면 플라톤이나 아우구스티누스, 헤겔, 쇼펜하우어 같은 이들, 그리고 그들 시대의 역사적으로 흥미로운 세계관이 그러한 것이다. 그러나 세계는 실제로 이들 사상가가 생각한 그대로였던가? 또 현재도 그러한가? 세계는 '의지와 표상'일 뿐 그 외 다른 것은 아닌가 하는 것은 별개의 문제이다.

개개인의 인생행로에 명확한 인식을 심어주고, 성격을 개선하고, 선을 행하는 힘을 높이고, 또 행복을 증진하는 데에 이들 철학체계는 대개 유익함이 없고 간접적으로만 도움이 될 뿐이다. 그렇지 않다면 이들 체계의 창시자들은 인간 가운데 최고의 인간, 가장 행복한 인간이어야 한다. 그러나 그들은 결코 그렇지 못하였다. 그러므로 철학은 주로 이 문제를 다루지 않는 한, 전체적으로나 개인적으로 인간의 형성에 미치는 영향이 미미할 따름이다.

그러나 세계는 지금 칸트 이래 그러했던 것보다 좋은 철학을 위하여 더 무르익은 것 같다. 이러한 요구에서 출발하여 만약 독일 국민이 현재의 '실재론'에서 충분히 성공을 거둔다면, 아마도 칸트의 업적을 계승하여 이것을 진정한 결과로 이끌어나갈 철학자가 부활할 것이다.

7월 5일

신적인 영혼의 존재는 설령 다른 실증적 증거가 없더라도 다음 사실이 그 증거가 될 것이다. 즉 우리의 정신과 의지를 다해서 노력해도 하나님이 거부한다면 우리는 하나님과 결합할 수 없고, 또 '기도'를 통하여 근심과 슬픔에서 벗어나 자신을 고양시킬 수도 없다. 그런데 이 영혼은 때때로 아주 뜻밖에 찾아들어 우리 존재를 생기와 환희로 가득 채우고, 우리의 무거운 짐을 한순간 벗겨줄 수도 있다.

인간으로부터 완전히 독립하여 이렇게 자립적으로 작용하는 힘은 존재할 수 없는 것일까? 또는 아무런 실재성이 없는 것일까? 힘보다 더 현실적인 것은 무엇일까? 인간의 사상은 결코 이러한 힘이 아니다. 이것은 스스로 위안을 얻고자 하다가 번번이 헛수고로 끝난 사람이라면 누구나 다 알고 있는 것이다. 그렇다면 도대체 이 힘은 무엇일까? 단순한 심리학은 여기에서 우리를 완전히 버린다. 요컨대 심리학은 아무런 힘도 없고, 불행한 누군가를 위로한 적도 없는 하나의 학문에 지나지 않는다.

7월 6일

　　　　당신은 정말로 무엇을 원하는가? 언젠가 조용한 시간에 스스로 묻고 정직하게 답해보라. 아마도 온 세상 향락의 정수를 모아 고생이나 걱정 없이 끊임없이 누리는 화려한 생활, 이를테면 이슬람교도가 낙원으로 상상하는 그러한 삶인가? 그러나 이러한 삶은 문명화한 사회에서는 이제 어디에도 존재하지 않는다. 이것은 도저히 바랄 수 없는 것이라 생각해도 틀림없을 것이다. 그렇다면 왜 일을 하면서 언제나 마음의 평정과 생기를 유지하며 살아가는 삶을 바라지 않는가? 누구라도 이러한 삶을 살 수 있다. 다만 이것을 분명히 원하고, 주어진 길을 나아가기만 하면 되는 것이다.

　많은 사람들이 자기가 원하는 바를 전혀 모르고 있다. 또 그것을 진지하게 생각해보는 일도 아주 드물다. 어떤 사람은 불가능한 일을 원하여 이루지 못하고, 어떤 사람은 그가 원하는 것이 언제나 동요하기 때문에 결국 아무것도 이루지 못한다. 그러나 무엇인가 가능한 것, 자기의 힘이 세계 질서와 조응하는 일을 확고하게, 또 끈기 있게 원하는 사람은 언제나 그 일을 성취한다.

　주의해야 할 것은 의욕도 단계적인 것이어서, 삶의 전 단계를 마음대로 뛰어넘을 수 있는 것은 아니라는 점이다. 낮은 단계에 있으면서 높은 단계에 속하기를 바라서는 안 된다. 그렇게 하면 분명 낮은 단계에서 자기 의무조차 다할 수 없기 때문이다.

만약 당신이 병들었을 때 건강을 회복하는 것이 하나님의 뜻이라면 무엇보다 바른길을 찾으려고 노력하라. 만약 그렇지 않다면 참을성을 가지려고 노력하라. 그리하여 건강을 되찾거나 병의 상태에 순응하라. 당신은 그러기 위해 오랜 기간 의지력을 쏟아 부어야 할 것이다. 이리하여 어떤 것을 달성하면 그다음 눈앞에 나타날 다른 과제로 옮겨가라. 그렇게 하면 당신은 진보할 것이고, 그렇지 않으면 진보하지 못할 것이다.

7월 7일

세상 사람들에게 거의 알려지지 않은 영국의 성녀 노리치의 율리아나(1342년생)가 말했듯이, 올바른 기도는 원래 자기 자신이 청허하는 것이다. 왜냐하면 기도는 하나님이 은혜와 사랑으로 우리에게 내려주는 것이기 때문이다. '하나님은 우리를 자각케 하여 하나님의 뜻에 맞는 것을 기도하게 하신다. 더구나 하나님은 우리의 이 기도와 선한 의지에 대하여 한없는 보상을 하신다.' 이런 생각을 갖게 되면 우리의 종교 교육은 완성된 것이다.

7월 8일

자신의 개선을 위하여 노력할 때, 모든 악을 피하려 하기보다 모든 추한 것과 천한 것을 피하겠다고 다짐하는 것이 당장에 좋은 결과를 가져다주는 일이 많다. 왜냐하면 우리의 힘이 후자의 경우에 더 많이 미치기 때문이다.

생활의 요구와 성격적 특징으로서 진정으로 아름다운 것에 친숙해진다는 것은 젊은 사람을 세상에 내보낼 때 선물로 줄 수 있는 가장 좋은 호신용 무기의 하나이다.

7월 9일

현대의 한 영국 저술가가 말했다. "한평생 거짓말을 하지 않았다는 사람이 실제로는 철두철미하게 거짓인 경우가 있다."

이처럼 근본적으로 허위인 사람을 경계하라. 유감스럽게도 이른바 '믿음이 깊은' 사람들 중에서도 이런 사람을 볼 수 있다.

7월 10일

우리가 진정으로 인간적 행복의 실질인 하나님에게 다가가기를 원한다면 약간의 비애도 감수해야 한다. 이것은 다른 어떤 때보다, 또 다른 어떤 방법보다 슬플 때 하나님에게 한층 더 다가간다는 것을 경험한 사람이면 누구나 알고 있는 것이다.(단테의《신곡》〈천국〉편 제7곡 58~60행[1] 참조)

---

1 "형제여, 하나님의 정하심은
  사랑의 불꽃 속에 자라나지 못한
  그 누구의 눈에도 파묻혀진 것이니라."

7월 11일

어쩔 수 없는 이유로 친구나 친척들과 헤어지지 않을 수 없을 때에는 말없이 그렇게 해야 한다. 사전에 의논하면 분명히 고통과 추태를 키운다든가, 이별보다 더 나쁘고 어정쩡한 화해를 초래하기 때문이다.

7월 12일

우리는 생활에서 훌륭한 것을 만들어낼 수 있다. 왜냐하면 인간의 사상이 그릴 수 있는 가장 아름다운 것은 완전히 자유롭고 고귀한 성질의 인간성이기 때문이다. 그러한 인간이 되는 것이 인생의 명백한 목적이다. 그 외의 것은 모두 허술한 대용품에 지나지 않는다.

이것을 올바르게 추구하는 사람은 그들의 모든 운명이 이 목적에 도움이 될 것이다. 동물적인 무사안녕은 아무런 가치가 없을 뿐만 아니라 자기기만에 지나지 않으며, 이와 반대로 하나님을 섬기는 것이 전부라는 것을 분명히 깨달아야 한다.

7월 13일

아무리 큰일이라 할지라도 작게 나누어 언제나 가장 가까이에 있는 것만을 염두에 둔다면 작은 일이 된다.

7월 14일

우리가 하나님의 길을 걷는다면 매일매일 과제와 힘이 저절로 주어진다. 애써 그것을 구할 필요가 없다. 그것을 받아들여 실행하기만 하면 되는 것이다.

세속적인 삶에 비해 이러한 삶의 방식은 어떠한 투쟁과 고난이 있더라도 편안하다. 이것은 모든 길 가운데서도 가장 안전한 길이다. 나 자신도 미미하지만 그것을 경험하였다. 그러므로 그것을 증명할 수 있다.

7월 15일

신앙의 본성은 하나님을 향해 노력하는 것이 아니라 하나님에게 자기를 내맡기는 것이다. 우리가 하나님의 문을 두드리는 것이 아니라 하나님이 우리의 문을 두드리는 것이니, 우리는 하나님에게 문을 열어주어야 한다.

그렇게 하면 모든 것이 순서에 따라 저절로 이루어진다. 먼저 초록의 들판, 다음에 열매를 약속하는 이삭, 다음에 무르익은 좋은 곡식, 그리고 헛되지 않은 생활 뒤에 안식을 위한 수확.

"하나님을 사랑하는 자, 곧 그의 뜻대로 부르심을 입은 자들에게는 모든 것이 합력하여 선을 이루느니라."

진실로 이것을 믿는 사람에게는 일반적인 의미에서 '행', '불행'의 개념은 존재하지 않는다. 그는 이제 '쾌락을 갈망하고 고난을 두려워하는 사람들'에 속하지 않는다.

7월 16일

　　우리는 한없이 많은 일을 다른 사람이 뜻하는 대로 맡겨둘 수 있다. 결국 어떻게 되어도 좋은 일이기 때문이다. 그럼으로써 나와 타인의 삶이 함께 편안해진다. 그런데 세상에는 다른 사람의 의견이나 제안에 시비를 거는 사람들이 있다. 사람들은 보통 그들의 의견을 따르지 않고, 더는 그들에게 의견을 묻지 않게 된다.

7월 17일

　　오늘날 만연하고 있는 신경쇠약증과 관련하여 곤란한 점은, 이것이 의지력을 약화시킬 뿐만 아니라 도덕적 판단력을 흐리게 해서 이 병에 걸린 사람은 혐오감을 느끼지도 않고 추악한 일을 생각하며, 또 스스로 그것을 실행하기까지 한다는 것이다. 영국인들은 이것을 '도덕적 광기(moral insanity)'라고 부르는데, 현대 '미문(美文)'의 적지 않은 부분이 불행하게도 그 영향을 받고 있다. 확실히 오늘날 이러한 생활은 흔히 말하는 광기로 끝나기도 하지만, 이 유물론적 문학의 대홍수는 사람들의 눈이 구원의 하나님이 오실 산을 향하기 전까지 많은 시간을 필요로 할 것이다.

　그렇지만 적어도 자신이 이 병에 걸렸다고 자각한다면 문학이나 미술, 사교에서 신경쇠약증과의 접촉을 주의 깊게 피해야 한다. 신경증적 질병은 감염되기 때문이다. 올바른 일을 충분히 하는 것과 원만한 가족관계는 외적 수단으로는 최상의 보호책이다. 내적으로는 건전한 생활의 근원인 하나님에게 진정으로 귀의해야 한다. 그렇다고는 하지만 바로 그 때문에 하나님과의 관계에 어떤 공상적인 요소가 들어가서는 안 된다. 더구나 신앙소설에서 흔히 볼 수 있듯이, 경건함과 감각적 공상이 뒤섞인 것이 들어가서는 안 된다. 이것은 그야말로 이 병에 가장 해롭다. 왜냐하면 그것은 치료 수단을 <u>스스로 기만하기</u> 때문이다.(단테, 《신곡》〈지옥〉편 제3곡 103~108행[*], 제5곡 34~39행[**] 참조)

아무튼 신경쇠약증의 원인은 일부는 유전적이고, 일부는 현대사회의 관계 속에 있다. 이 시대적 질환을 치료하는 데에는 세 가지 육체적 수단과 두 가지 정신적 방법이 있는데, 그것들은 함께 작용하지 않으면 안 된다. 즉 수면, 신선한 공기, 육식보다는 알코올이 전혀 포함되지 않은 영양식, 그리고 굳건한 신앙과 지상에서 하나님의 나라를 세우는 일이 그것이다. 그 외에 효과적인 치료 수단은 존재하지 않는다. 필요하다면 이것들을 가정에서도 적용할 수 있다.

---

[*] 하나님과 저들의 조상이며 전 인류
      그리고 저들을 씨 뿌리고 태어나게 한
      곳과 때와 씨앗을 저주하더라.
      그러면서 저들은 하나님을 아니 두려워한
      모든 사람을 기다리는 악의 언덕으로
      모두가 몹시 울면서 모여들었느니라.

[**] 저들이 멸망에 다다랐을 즈음
      여기 비명과 한탄과 체읍이여
      저들은 금세 하나님의 권능을 모독하고
      이러한 닦달질에 벌한 이는
      이성을 정욕 앞에 굽혀버린 육욕의
      죄인들임을 나는 알았으니.

7월 18일

아무리 훌륭한 현대시라 할지라도 병든 사람이나 괴로
워하는 사람들에게 기여하는 바가 너무나 적다. 그들은 대개 시에서
위안을 얻지 못한다. 오늘날 신세대는 특히 독일에서, 사람들을 전혀
만족시키지 않는 사실주의에서 벗어나 깊이를 잴 수 없는 숭고하고
순수한 시를 동경하고 있다. 이 순수한 시는 단순한 '상징주의'로도
결코 대치될 수 없다.

그와 같이 신세대는 국가 생활에서도 사실주의 시에 조응하는 '실
리정치'에서 벗어나 진리와 정의의 진정한 삶을 동경한다. 그렇지만
진리와 진정한 위대함에 대해 따스한 감정을 품는 순진함과 천진난
만함을 잃어버렸다가 되찾기란 그리 쉬운 일이 아니다. 왜냐하면 사
람들은 비속한 이익이나 삶의 향락을 위하여, 또는 어리석게도 외국
의 예를 모방하기 위하여 이러한 기질을 경솔하게도 포기했기 때문
이다. 이것을 되찾으려면 불행을 겪어야 한다. 이것만이 허위의 시와
철학, 그릇된 정치의 결과를, 그것으로 하여 거칠어진 사람들이 알기
쉽게 분명히 해줄 수 있다.

7월 19일

동정심은 단순한 무기력이 아니고, 또 낙담한 사람에
대한 짓궂은 기쁨이나 자부심이 아니다. 그것은 하나님으로부터 받
은 것이며, 진보한 영혼의 표징이다.

동정받는 것을 기뻐하는 것은 약점이라 할 수 있으며, 훌륭한 사람

에게는 결코 없는 것이다.

7월 20일

나는 내적 희생에 대하여 곧 위로부터 응답이 온다는 것을 빈번히 경험하였다. 때로는 그 응답을 훨씬 지난 뒤에 비로소 알았던 적도 있다.

나의 내부에 인격적인 하나님에 대한 신앙이 확립된 것은 주로 이러한 경험 때문이었다. 왜냐하면 그것은 너무나 잦고 너무나 분명해서, 이러한 경험을 단순한 우연으로 돌릴 수 없었기 때문이다.

7월 21일

남에게 주는 법을 배우는 것도 다른 많은 위대한 일처럼 오직 실천을 통해서이다. 그러나 이것을 배우면 인생에서 가장 큰 기쁨이 된다.

7월 22일

이스라엘의 한 잠언 작가는 "노동을 하며 즐거워하는 것보다 더 나은 것이 없나니, 이는 인간의 운명"이라고 말했다. 이것은 지금도 옛날과 다름없이 진리이다. 인간 창조에 관한 최고의 묘사인 〈창세기〉 3장 19절[2]에도 명백히 서술되어 있다.

---

2 "네가 얼굴에 땀이 흘러야 식물을 먹고 필경은 흙으로 돌아가리니, 그 속에서 네가 취함을 입었음이라. 너는 흙이니 흙으로 돌아갈 것이니라."

그러나 슬픈 것은 오늘날 수많은 사람들에게 이 즐거움은 노동을 통해서만 얻을 수 있을 뿐, 달리 기쁨의 원천이 없다는 점이다. 일하지 않고 행복을 구하는 것은 가장 큰 어리석음이다. 그러나 행복을 오직 노동을 통해서만 찾아야 한다는 것은 결국 노동에 훈련되고 강제로 묶여 있는 가축의 삶에 지나지 않는다. 이것은 어느 것도 옳지 않다. 아주 잘 쓰이고는 있지만 그래도 서러운 듯한 저 짐승들의 눈을 보라. 이것이 당신과 당신 가족의 운명이어도 좋은가 결정하라.

7월 23일

내적 생활은 여러 면에서 등산 같다. 안내자 없이, 또는 길을 잘 모르는 안내자나 밧줄에 몸을 묶지 않은 무능한 친구들과 함께 등반을 기도해서는 안 된다. 또 산을 탈 줄도 모르는 사람이 높은 산에 오르기를 기대해서는 안 된다. 그것은 서로에게 불만만 초래할 뿐이다. 그러한 친구들과는 낮은 곳이나 쾌적한 숙소에서 친밀하고 유익하게 교제하는 것이 좋다.

7월 24일

우리는 내적 생활의 어떤 지점에 도달하면 자기의 무력함을 확신하고, 또 그 때문에 그릇된 정적주의나 숙명론에 빠지는 커다란 위험에 봉착한다.

우리가 무엇을 하는지, 또 어떻게 해야 하는지에 대해서 결코 무관심해서는 안 된다. 오히려 반대로 우리는 근면과 타고난 재능을 진지하게 활용해야 한다. 그러나 야심이나 소유욕에서가 아니라 의무감과 하나님에 대한 사랑으로 그렇게 해야 한다. 그리고 그 결과는 하나님에게 맡겨야 한다.

그렇게 하면 만사가 순조롭다. 아무런 선전도 필요하지 않다. 그때 우리가 범하는 외적 오류도 오히려 이익이 된다. 믿어지지 않는다면 한번 시험해봐도 좋다.

누구라도, 심지어 예언자나 사도조차도 깊은 낙담에 빠지곤 한다. "여호와여, 넉넉하오니 지금 내 생명을 취하옵소서. 나는 내 열조보다 낫지 못하나이다." 이것은 누구나 생애의 암흑기에 고백했던 말이다. 이 무기력함이 어디에서 오는지 우리는 모른다. 그러나 우리는 그것에 굴복해서는 안 된다는 것을 알고 있다. 지상에서 하나님의 나라를 세우기 위한 싸움에서 항복하는 자는 배신자이다. 가능한 한 용기를 가지고 기꺼이 당신의 의무를 다하라. 그렇지 않을 때에는 그런 마음이 없어도 괜찮다. 이것은 좀더 가치 있는 일이며, 더 큰 성과를 가져올 것이다. (단테,《신곡》〈지옥〉편 제9곡 7~10행[*] 참조)

7월 25일

근본적으로 삶의 향락을 단념하기란 처음에는 매우 어려운 일이다. 우둔함에 빠지지 않고서 이것을 참아내려면 삶의 향락

---

[*] "그는 입을 떼어 '우리가 싸움에서 이기고야 말리라
그렇지 않으면…… 그분이 그러마고 하셨건만!
아아, 와야 할 그이 더디시니 내 어이할꼬!'"

대신 하나님에 대한 사랑을 텅 빈 마음에 담아, 복음서가 말하는 '성스러운 영혼'을 스스로 직접 경험하는 것이 꼭 필요하다. 그렇지 않을 경우에는 심한 역행이 일어난다.

7월 26일

하나님에게서 멀어지는 것은 가장 크고 유일한 불행이다. 그러나 이것은 우리의 의지 없이는 일어날 수 없는 일이다.

행복한 생활과 근심에 찬 생활은 숭고하고 용기 있는 정신이 어떤 외적 상황에서도 존재할 수 있는가 없는가에 따라 결정된다. 이것은 다른 말로 이미 여러 번 이야기되었으며, 또 틀린 말도 아니다.

7월 27일

우리의 세속적인 생활 속에 솟아 있는 초감각적 세계에 대한 신앙이 그 자체로 아무런 의미를 가지지 않는다 할지라도, 이러한 신앙은 적어도 권태만은 분명히 없애준다. 그런데 재능 있는 사람들이 나쁜 사상보다 권태로 인해 삶이 불행해지곤 한다.

7월 28일

행복과 명예는 여성이다. 여성은 자기를 쫓아다니지 않고 약간 냉담하게 대하는 남자를 좋아한다.

우리는 가능한 한 선의를 가지고 많은 사람들에게 봉사해야 한다. 언제나 변함없이, 그리고 누구에게나 똑같이 친절하고 다정해야 한다. 결코 자신을 위해서 그들을 찾거나, 그들에게서 많은 것을 요구하고 기대해서는 안 된다. 이리하여 우리는 인생의 커다란 고통과 커다란 기쁨을 쉽게 피해갈 수 있다. 당신이 기쁨을 얻으려고 한다면 물론 온전히 이대로 행동해서는 안 된다. 그러나 누구나 다 기쁨을 얻을 자격이 있는 것은 아니다.

7월 29일

지금 우리는 끝이 없는 듯한 탐구의 불쾌한 시대에 들어섰다. 그러나 다음에는 새로운 발견의 시대가 이어질 것이다. 즉 오늘날 각 개인이 자기 내부에서 겪은 것을 여러 민족이 체험하게 될 것이다.

7월 30일

지상에 하나님의 나라를 세울 때 커다란 시설보다는 대개 작은 시설에 축복과 번영이 깃든다. 왜냐하면 하나님은 (홀로) 높은 곳에 거하며 낮은 자를 보살피고, 이 세상의 모든 거만하고 화려한 것에서 떨어져 있기 때문이다. 이것은 무조건 믿어도 좋다.

7월 31일

상투적인 표현이지만 '하나님을 위하여' 행한 일에는 틀림없이 축복과 성공이 깃들고, 이기적인 의도나 불순한 생각으로 행한 일에는 저주가 깃든다. 그런데 우리는 '실리정치'만을 믿는 시대에 이것을 여러 번 뼈저리게 경험하지 않고는 근본적으로 깨닫고 지혜롭게 행동하지 못한다. 그렇게 하면 각성이라는 직접적인 이익 외에 하나님에 대한 굳건한 믿음이 생긴다. 왜냐하면 이러한 일은 결코 우연이나 인간의 자의 등에 근거를 두지 않는 세계 질서에서만 가능하기 때문이다.

무엇보다도 안일과 향락을 좇는 자는 '하나님 자녀들의 영광의 자유'를 얻을 자격이 없다.

8월

8월 1일

       상당수 경건한 사람들이 기도하거나 교회에 다니는 이른바 '예배 행위'를 의무나 일종의 일로 보고, 그것을 통해 하나님을 기쁘게 하고 인생의 일부 과제를 한다고 인식하고 있다. 그러나 이러한 행위는 우리의 힘을 끌어올리는 수단이어야 하며, 그 목적을 충족시키는 한에서만 가치가 있다. 만약 교회에 들어갈 때보다도 좋아져서 그곳을 나오지 않는다면, 또는 식전 기도 뒤에 음식의 쾌락에 완전히 빠져버린다면, 이러한 행위의 의미가 좀더 명확해질 때까지 중지하는 편이 오히려 좋을 것이다.

  하나님은 당신을 위해서는 아무것도 바라지 않고, 모든 것을 우리를 위하여 바란다. 그러나 우리의 종교 교사는 하나님을 끊임없이 요구하는 '아버지'로 설명하고, 가능한 한 그분을 잘 달래야 한다고 말하여 상당수 경건한 사람조차도 불쾌하게 만든다. 하나님과 함께 생활하는 행복을 스스로 경험하여 확신을 가진 사람은 대체로 극소수에 지나지 않는다. 교회가 이러한 관념을 그들에게 심어준다는 것은 전혀 불가능하다.

  사실 이것은 모든 종교 교육의 근본적인 오류이다. 종교 교육은 언제나 입문적인 것에 지나지 않으며, 아직도 그 대부분을 이해하지 못한 사람에게는 권태감을 주지만 않으면 썩 잘된 것이다. 적어도 내게는 종교 교육이 믿음을 견고하게 하기보다 오히려 그에 떠밀리고 방해당한 적이 훨씬 더 많았다.

8월 2일

　　　　사람의 생애에는 언젠가 갑자기 단순 명료한 지혜가 찾아와서 하나님에 대한 올바른 사랑이 없으면 어떤 신앙도, 하나님의 의지에 관한 역사적이고 교의적인 지식도 아무런 도움이 되지 않고, 하나님에 대한 사랑을 한번 마음에 품으면 모든 것이 명확하고 단순해진다는 것을 느끼게 되는 순간이 있다. 우리는 이러한 경지에 꼭 도달해야 한다. 그렇게 되면 우리는 모든 철학책과 신학책을 덮을 수 있고, 또 그러기를 바랄 것이다.

　신학은 초감각적 사물에 관한 인간의 학문이다. 이러한 학문이 성립할 수 있는 한, 이것은 매우 좋고 또 매우 높이 평가되어야 한다. 또 한편으로 초감각적 사물에 관한 직접적인 확신이라는 것도 있다. 이것은 하나님만이 베풀 수 있는 것이다. 단, 이 경우에는 광범위한 상식과 풍부한 교양이 필요하며, 어떤 상황에도 성실한 겸허가 필요하다. 그렇게 하면 자기기만에 빠지지 않는다.

8월 3일

　　　　예술이란 인간을 자기 이상으로 높여 더욱 순수하게,

더욱 강하게, 더욱 위대하게 하는 바로 그만큼의 가치가 있을 뿐이다. 그렇지 않으면 예술은 최선의 경우에도 하나의 유희에 지나지 않으며, 대개 인간의 감각을 불러일으키고 촉진하여 영혼을 해치게 된다. 인간적 해악의 모든 원인을 그 근원에 따라 깊이 규명한다면, 대부분 과도한 관능성(넓은 의미로 해석하여)이 그 근저에 있어서 때로는 그것이 하나님에 대한 불신이 되고, 나아가 더 나은 자기와 인류에 대한 불신으로 나타나는 것을 발견할 수 있다.

'자연주의', 다시 말하면 본래 그런 것이지만 이 '동물적인 생활 감정'은 대다수 사람의 삶에서 때때로 크고 작은 역할을 한다. 그들이 이렇게 위험한 문제를 우연에 맡기지 않으려 한다면, 근본적으로 자연주의와 구별하지 않으면 안 된다. 보통의 온건한 유물론적 견해는 이 모두를 결국 아무래도 좋은 일, 즉 '지엽적인 것'으로 본다.

고대와 르네상스 시대에 지배적이었고 오늘날 우리를 새롭게 감화시키고 있는 이 견해의 가장 큰 결함은 그것이 진실이 아니라는 점이다. 그뿐만 아니라 개인과 전 국민을 근본적으로 타락시키고 원칙적으로 하나님에게서 떨어뜨려놓는 데 이보다 더 큰 세력과 이보다 더 유효한 수단을 갖는 것은 아무것도 없다. 이미 태고의 말이 그 위험성과 이것을 올바로 극복하는 법을 가르쳐주고 있다. 굳건한 결심, 강하게 대립하는 정신적 흥미, 이기적이지 않은 진실한 우정, 이것들은 이러한 경향을 피하기 위한 최고의 수단이다.

그러나 오늘날 많은 사람들이 그렇게 하는 대신 순간적 인상에 몸을 맡기고 사태를 바르게 고찰하지 않기 때문에 눈을 감은 채로 무서운 내적·외적 갈등에 휩쓸려 들어간다. 이 갈등은《파우스트》제1부에, 또 테니슨의《왕자의 전원시》에 아름답고 웅장하게 묘사되어 있다. 단테는 베아트리체와 피카르다의 고귀한 모습에도 이 문제를 제대로 파악하지 못했다. 특히 최근의 작가들은 이 문제를 해결하기보다 대부분 조잡하게 만들고 있을 뿐이다. 그러나 톨스토이는 이것을 그 근원에서 파악하고 있다. 그는 이렇게 말했다. "선과 관계없이 그저 아름다움과 기쁨일 뿐이라면 그것은 지겨운 것이다. 나는 이것을 깨달았다. 그래서 그것들을 버렸다."

8월 4일

"어디로 눈을 돌려도 허무만이 있을 뿐!
인생은 예부터 내려오는 방황
그것은 끝이 없는 황량한 추구
그리하여 우리는 길 위에서 힘을 잃는다!"
– 레나우(1844년)

"나는 혼자서 더 나아갔을 때 전율하였다. 그 후 얼마 안 있어 나는 병을 앓았다. 병 이상이었다. 말하자면 지쳐 있었던 것이다. 우리 현대인을 감격시키기 위하여 아직도 남아 있는 모든 것에 대한 절망으로, 그리고 곳곳에서 허비한 힘, 일, 희망, 청춘, 사랑에 대한 어쩔 수 없는 실망으로 지쳐 있었다. 이상주의적 허위와 위대한 것의 나약함에 대한 혐오로 지쳐 있었다. (중략) 결국에는 그것 못지않게 이전보다도 더 깊이 남을 의심하고, 더 깊이 고독해야 한다는 괴로운 의심의 우수 때문에 지쳐 있었다. 왜냐하면 내게는 리하르트 바그너 말고는 아무도 없었기 때문이다."

– 니체

이 두 글 속에 교양은 있으나 모든 신앙에서 해방된 계급의 최근 50년간의 정신이 명백히 나타나 있다. 그런데도 우리는 그 지도자들을 아직도 따라가야 하는가? 어쩌면 그들이 도달한 인생의 결말*이 우리가 찾고 있는 예술이며 철학일까? 이것이 우리에게 길을 열어주고, 그 길을 따라가도록 우리를 자극하고 격려하는 '지도적 정신'이며 특색 있는 인물(어쩌면 초인)일까? 그렇지 않으면 그것은 특별히 어려운 운명이라서가 아니라 신체적 허약함으로 지구력 없는 인생관 때문에 난파한, 재능이 있음에도 너무나 허약한 인물이 아닐까? 이 물음에 스스로 답하라. 그리고 그에 따라서 행동하라.

8월 5일

염세주의자를 말로써 변화시키려는 것은 부질없는 짓이다. 그들은 반박하며 언쟁에서 끝까지 지지 않고, 될 수 있으면 다른 사람에게서 삶의 기쁨을 빼앗는 데서 특별한 만족을 느낀다. 왜

---

* 레나우도, 니체도 만년에는 정신착란에 빠졌다.

냐하면 인간은 불만스러워하면서도 친구를 갖고 싶어 하기 때문이다. 가능한 한 좀더 나은 생활을 보여주라. 그리고 그들과 다투지 말라. 그들에게나 사회 전체에 유용하지 않다 하더라도, 세상의 모든 일에 관한 그들의 견해도 가능하다는 것을 솔직히 인정해주라. 그리고 그들과 절연할 수 없다면 인내하라. 하나님은 그들을 바꿀 수 있지만 우리는 그럴 수 없다.

8월 6일

만약 우리가 모든 행동에 대한 최후의 심판을 인간적 개념과 유추에 따라 상상한다고 하면, 다음과 같이 보기에 그럴듯한 이유를 붙여 말하는 자가 많을 것이다. "주여, 당신은 우리의 힘이 얼마나 미약한지, 세속의 힘과 유혹의 힘이 얼마나 큰지 잘 알고 계십니다. 당신은 그에 따라 우리를 공평하게 심판하실 것입니다." 그러나 그 대답은 아마 이것이 아닐까? "그렇지만 너는 내가 너 자신의 힘에서 결코 덕을 요구하지 않았다는 것을 알고 있었다. 그리고 선을 행하는 힘을 어디에서 얻을 수 있는가를 가르쳐주었다. 그런데 너는 무관심과 오만과 편견으로 내 길을 가기를 게을리한 것이다." 이것은 또 별개의 결정적인 문제이다.

8월 7일

오늘날에도 사람들 간에, 특히 지식계급 간에 그들이 무엇에 관심을 가지고 있는가 하는 점에 아주 큰 차이가 있다. 그것은 물질적인 관심, 오늘날에는 특히 상업, 교통, 국가 간의 교류 확대, 재산 증식인가, 아니면 도덕, 입법, 국민 교양의 개선, 교회의 정화, 국가의 이상화 등 정신적인 관심인가? 정신의 이 두 가지 방향은 머지않아 서로 이해할 수 없을 지경에 이르게 되는지도 모른다. 그러나 그 결과 물질적 관심이 국민에게나 개인에게 영속적인 행복을 가져다줄 수 없다는 것, 그리고 그 일에 헌신한 사람들도 충분히 만족시킬 수 없다는 것이 확연히 증명될 것이다. 이런 사람들이 성공을 거두면 특히 노년에 이르러 냉혹하고 폭군적인 면이 나타나며, 또 성공하지 못했을 때 그들이 평범한 것에 만족하지 못하는 사람들이라면 다소 염세적이고 무뚝뚝한 성격을 띠게 된다.

그러나 이상주의자는 훨씬 용이하게 언제까지나 젊고 쾌활할 수가 있다. 그들에게 이상주의는 일종의 확신이다. 그 배경에 배금주의가 숨어 있지 않다면 말이다. 그러나 후자의 경우가 드물지 않다. 특히 재벌들을 현실의 모습과는 아주 딴판으로 묘사하는 작가들에게서 종종 볼 수 있다.

8월 8일

살아가면서 어떤 사소한 일뿐만 아니라 미래에 대해 불안해하지 않고, 또 자기보다 더 나은 생활을 보고 그에 대해 굉장한 환상을 갖지 않는다면 행복에 도움이 된다.

너무 부유하고 너무 고귀한 사람들은 인생의 많은 사소한 즐거움을 놓치고 있다. 이 사소한 즐거움은 삶을 즐겁게 하며, 자그마한 고산식물처럼 돌이 많고 척박한 땅에서만 자란다. 그런데 오늘날 많은 사람들이 자기 존재를 파괴하고 있다. 왜냐하면 경제적으로만이 아니라 정신적으로도 도저히 감당할 수 없을 만한 사치에 빠져 있기 때문이다.

8월 9일

인생에서 가장 주목할 만한 가치가 있는 것은 이것이다. 쾌락에는 언제나 고뇌가 따르고, 인내는 그것에 따라 행동하기 전에 최고, 최선의 즐거움을 가져다준다는 것이다. 사람들은 이미 오래전부터 경험을 통해 이것을 잘 알고 있다.

건전하고 용기 있는 결심 또는 직접적인 선한 행위, 이것이 최고의 약이 되곤 한다. 세상에서 신경쇠약 또는 신경병이라고 부르는 경우에 특히 그렇다. 그것은 대체로 육체적 결함과 정신적 결함이 뒤섞인 데서 비롯된다.

8월 10일

하나님과 함께 있는 것이 필요한 사람이 많다. 다른 사람들과 늘 함께 있는다면 참다운 자기 성찰을 할 수 없다. 이것이 과대평가될 수 있는 이른바 '기독교 단체'에서 생기는 결함이다.
그래서 하나님은 그런 사람들을 방심에서 끌어내기 위해 무겁고 긴 병으로 그들을 돕는 일이 많다.

8월 11일

　　　　사람은 언제나 심취한 기분 속에 있을 수 없다. 최고, 최선의 선에 대해서도 그러하다. 이것은 아무리 뛰어난 사람이라도 허용되지 않는다. 그러한 '성자'는 이 세상에 없고, 존재한 적도 없었다.

　그러나 이러한 선을 존중하고 확고히 하려는 굳은 의지를 언제나 가질 수 있으며, 또 그렇게 해야만 한다.

8월 12일

　　　　우리를 올바르게 도울 수도, 심히 해칠 수도 없는 사람들에 대한 용기와, 우리 내부의 모든 선을 창조하는 분이며 그 은혜로써 우리가 지금 이대로 존재할 수 있게 하는 하나님에 대한 겸손은 언제나 함께 있지 않으면 안 된다. 하지만 참다운 겸손은 용기에 가깝다. 왜냐하면 하나님을 실재하는 분, 인격적인 존재라고 생각하는 한 하나님의 면전에 감히 나설 수가 없기 때문이다.

8월 13일

　　　　"그들로 인하여 두려워 말라. 두렵건대 내가 너로 그들 앞에서 두려움을 당하게 할까 하노라." 이 말을 나는 그런 경험을 한 뒤에 비로소 이해했다. 우리가 만약 일반적인 정신의 경향으로 사람들의 판단을 두려워한다든가, 그들의 칭찬을 열망한다든가 하면, 그때 하나님은 특별한 경험을 통하여 우리가 불쾌한 생각을 갖게 만든다. 이와 반대로 우리가 그것을 문제 삼지 않고, 우리가 무엇을 해야 하고 또 해서는 안 되는가를 언제나 하나님에게 묻는 습관을 기른다면, 우리도 저 야곱의 생애에서 몇 번이나 결정적이었던 것과 같은 것을 경험할 수 있다.

8월 14일

인생에서 가장 곤란한 순간은, 인간이 근본적으로 자기애를 버리고 이른바 '적멸'이라 일컫는 완전한 죽음의 암흑 속으로 들어가지 않으면 안 될 때이다. 그 뒤에 따라 일어나는 어떤 약속의 꺼지지 않는 빛이 없다면 누구도 죽음을 견디지 못할 것이다. 또 누구도 전율하지 않고는 죽음을 직면하지 못할 것이다. 다행스러운 것은, 우리는 대개 어쩔 수 없는 사정으로 그럴 수밖에 없는 처지에 놓이는 것이다. 그렇게라도 되지 않으면 그것을 할 힘이 빠질 것이다. 그 힘은 다만 복종하면 되는 것이지 선택할 수 있는 것이 아니다.

그러나 이것을 스스로 경험하지 못한 자는 이것을 실행하려는 사람들에게 말한다. "바울아, 너는 미쳤구나."

8월 15일

우리는 언제나 선한 일만을 생각해야 한다. 생각이 그것을 향하고 있으면 기회가 언제든 오는 법이다. 이것은 삶을 편안하게 한다. 특히 삶이 어려운 때에는 더욱 그렇다. 또 이것은 행복한 때에도 경박함과 천박함에서 우리를 보호해준다.

끝없이 불평을 늘어놓고 능히 견딜 수 있는 처지에서도 만족하지 않는 사람들에게 개선의 가능성이 아직 남아 있다면, 하나님은 더 큰 고난을 내려 이러한 고난과 누구도 피해갈 수 없는 작은 고난의 차이를 알게 하여 앞으로 모든 선에 대하여 감사하는 마음을 품게 한다.

그러므로 작은 재난에도 불평을 늘어놓는 자는 더 큰 재난을 만나기 쉬우며, 그때는 누구의 동정도 받을 수 없다. 사람들은 그의 버릇인 불평에 익숙하기 때문이다.

8월 16일

많은 사람들과 흠 없이 사귀고, 또 사귐에 흠이 생겼을 때 바로 정당하게 절교하기 위해서는 침착함과 자신감이 필요하다.

8월 17일

안식은 하나님이 선사하는 것이라야 하지 당신 마음대로 누려서는 안 된다. 늙어서나 아플 때도 마찬가지다. 그 대신 일반적으로 규정되어 있는 대로, 또는 오늘날 누구에게나 허용되는 자정 전의 수면과 일요일을 일관되게 이용하라. 이것은 확실히 쉬고 싶은 감정을 도우며, 동시에 천복의 하나이기도 하다. 너무 많은 휴식과 안락을 누린다면 무리하게 일하는 것과 같이 피로해질 수 있다.

'한가한 시간'이나 '휴가'는 무익한 일 또는 해로운 일을 꾀하기 위해서가 아니라 심신이 앞으로 뭔가 유익한 일을 하기 위한 시간이다. 사람의 일생은 무익하게 보내기에는 너무나 짧다. 선한 목적과

의미가 없는 쾌락, 나쁜 결과를 가져오는 쾌락은 결코 쾌락이 아니다. 벤저민 프랭클린은 솔직하게 말했다. "한가한 시간은 뭔가 유익한 일을 하기 위한 시간이다."

8월 18일

천국과 지옥. 많은 사람들이 이 세상을 떠날 때의 정신 상태는 우리가 이성적으로 표상할 수 있는 유일한 천국, 즉 허위가 통하지 않는 착한 사람들의 사회에는 의심할 나위 없이 적합하지 않다. 당신이 천국에 가기를 열심히 바라는가 아닌가는 스스로 생각해보면 쉽게 알 수 있다. 그렇게 하면 당신의 판단도 저절로 이루어질 것이다. 그래서 사람들은 제각기 자기의 위치를 결정하게 될 것이다.

그와 마찬가지로 사람들은 지옥, 즉 스스로 뉘우치지 않는 악인들처럼 자기를 똑똑히 알고 모든 선에 적대적인 자들로만 이루어진 순전한 악의 사회에 적합하지 않은 것도 확실하다. 이것은 어쩌면 우리에게 가장 큰 위안이기도 하다. 이러한 악인들은 착한 사람들 곁에 있을 수가 없다. 그들은 되도록 착한 사람들 틈에 끼는 것을 피한다. 만약 아직도 선함을 잃지 않은 사람이 혼자 지옥에 갔다면, 그리고 그들이 그를 유혹할 가능성이 없다면, 그들은 그의 곁에 머물러 있기보다는 오히려 지옥을 비우고 나가버릴 것이다.

우리가 이것을 깊이 생각한다면 다가올 우리의 운명을 명확하게 알 수 있다. 그렇게 되면 다른 어떤 교리도 필요치 않을 것이다.

8월 19일

"너무 큰 신발에 발을 넣지 마라." 이것은 아마 아라비아의 속담인 것으로 생각된다. 이 말은 높은 지위에 있다고는 해도 실패한 삶을 말해준다.

8월 20일

직업적으로 설교하기가 특히 곤란한 이유는 각 개인의 영혼에서 하나님의 업적은 단계적이며, 더구나 청중의 단계와 교사의 단계가 언제나 조응하는 것은 아닐뿐더러 좀처럼 가능하지 않기 때문이다.

그럼에도 교사는 상관하지 말고 자신이 가진 가장 좋은 것을 주는 것이 최선의 길이다. 그의 소견이 성실하며 그의 일이 하나님의 충고를 따른 것으로서 허영심에서 나온 것이 아니고 겉치레가 아니라면, 각각의 단계가 적어도 다른 단계의 어떤 것을 품어 다른 사람을 이해시킬 수 있기 때문이다. 신앙을 가진 설교자 중에서 남을 바르게 이해시키지 못하는 사람은 복음의 귀한 포도주가 불결한 통에 담긴 것과 같으며, 아직 설교할 자격이 없는 사람이다.

8월 21일

올바르게 살아온 삶에도 언젠가 한 번은 '이 세상의 임금'*이 시험하러 온다. 적어도 그의 의지에서 사탄에게 속하는 것이 하나라도 발견되어서는 안 된다. 그렇지 않으면 바로 그때 '최후의

8월 **189**

악전고투'가 시작된다. 이 싸움을 반드시 견뎌내야 한다.

8월 22일

　　　　　인생의 진정한 기쁨을 얻으려면 이 기쁨이 본래 어디에 있는가를 먼저 알아야만 한다. 그런 뒤에 그 기쁨을 방해하는 모든 것을 피해야 한다. 그러나 유감스럽게도 사람들은 인생의 반 이상이 지나가버린 뒤에 비로소 거기에 도달하는 것이 보통이다. 여생이 얼마 남지 않았을 때 어느 정도 염세주의에 빠지는 것은 이러한 경험의 피치 못할 결과일 것이다.

　어떤 일에 대해 일단 충분히 숙고하고 가부(可否)의 모든 이유를 검토한 뒤 자신의 경험을 통해 일정한 견해에 도달했다면, 그 일에 대해서는 그것으로 결말을 짓고 더는 거론하지 말아야 한다. 의심은 모든 일에 대하여 일어날 수 있으며, 이미 해결된 일에 대해서도 마찬가지다. 영혼이 가장 불행한 상태는 이른바 회의주의이며, 결국 모든 것을 의심하기에 이른다.

8월 23일

　　　　　13세기의 한 성녀가 환상을 통해 알았듯이, 십자가와 하나님의 사랑이 서로 어울리는 것이야말로 곧은길의 확실한 표징이라는 것은 경험에 비춰볼 때 정말 옳다. 만약 당신에게 이 표징 중

---

*　사탄을 말함.

하나가 결여되어 있다면, 또는 보통 그렇듯이 양쪽이 다 결여되어 있다면, 당신은 조심해야 한다. 그런 경우 당신은 진정한 행복에 이르는 훌륭한 한길에 있는 것이 아니라 사람을 속이는 무수한 뒷골목에 있는 것이다.

8월 24일

악은 때때로 하나님에게 정식으로 허락을 받아 개개인에게 아주 철저히 자기의 힘을 시험한다. 이리하여 사람들은 악이 무엇을 할 수 있고, 또 무엇을 할 수 없는가를 분명히 알게 된다.

8월 25일

이 세상에서 자기 직분에 마음을 정하지 못하고 낙담하거나 물러서고 싶어지는 시기가 일평생 몇 번이나 찾아오는데, 이때 큰 위안이 되는 것은 우리가 하나님을 선택한 것이 아니라 하나님이 우리를 선택하여 당신의 소유로 삼는다는 사실이다.

8월 26일

범죄자의 소질이 있는 자는 변덕 때문이든 아니면 그릇된 자기의 이익 때문이든 모든 의무를 위반하고, 그때 자기에게 방해가 되는 모두를 희생시킬 수 있는 사람이다. 이러한 사람이 가장 존경받는 지위에 있는 수가 있다. 그들이 죄를 범하지 않았다면 그것은 우연 아니면 하나님의 은총이다. 그렇지만 그들도 하나님의 은총으로, 또 본인의 자유의지로 나쁜 성질을 교정하여 성자가 될 수 있다는 것은 조금도 의심할 여지가 없다. 그러므로 나쁜 성질 때문에 결코 실망해서는 안 된다.

천부의 소질을 지닌 사람은 모든 악과 저속함을 싫어하고, 언제나 다른 사람을 위하여 희생하는 것을 좋아한다. 그러나 유감스럽게도 덧붙이지 않을 수 없는 것은 그들도 악해질 수 있다는 점이다. 이것은 잘못된 결혼으로 인해 일어나는 경우가 가장 많다. 조용한 시간에 당신은 어떤 성질에 속하는가(이것은 물론 당신의 죄가 아니다) 스스로 물어보라. 그리고 어떤 사정이나 환경에서도 선의 승리자로서 인생을 마치겠다고 결심하라.

8월 27일

하나님과 그의 지배는 변화될 수 없는 사실이며, 내적 생활의 참다운 진전은 어느 것이든 똑같이 하나의 사건일 뿐, 결코 지식이나 단순한 개념 따위가 아니다. 경험을 통해 이것을 알았을 때 비로소 참다운 신앙에 도달한다.

그것을 경험한 적이 없다고 주장하는 사람들이 단지 어떤 사람이나 어떤 책에 나온 말을 근거로 신앙을 가지려 하지 않고, 눈으로 보고 손으로 만질 수 있는 이 세계의 물질을 더 확실한 것이라고 생각하더라도 우리는 그들을 비난할 수 없다. 문제는 그들이 다른 경험을 하지 않았다는 것이 과연 진실인가 아닌가 하는 것뿐이다.

이 점에 관해서는 〈욥기〉 33장 29~30절[1]의 말이 표면적으로 꽤 참답게 보이는 숙명론보다 우리에게 위안을 주는 정당한 견해이다.

8월 28일

인간의 삶이 올바른 목적을 가지려면, 하나님의 사랑을 끊임없이 받아들여 다시 그것을 이웃에게 나눠줘야 한다. 어떤 사람들은 이러한 성질을 어릴 때부터 자연히 갖추고 있지만, 어떤 사람들은 다른 삶의 목적을 가지고 많은 고난을 겪은 뒤에야 비로소 이것을 깨닫는다. 그러나 이것을 깨닫지 못한 사람은 잃어버린 반생이나 그 전부를 한탄해야 한다.

8월 29일

힘차게 선을 행하는 사람이 되어야 한다. 하나님 앞에서는 겸손하게, 인간에게는 굳세게, 그러나 무정한 이 세상에 대해서는 너무 상냥해서는 안 된다. 이것은 세상에 중대한 가치를 두지 않을 때에만 가능하다.

마음이 언제나 굳세고 정직하면 보상의 시기가 저절로, 때때로 아주 풍성하게 찾아온다. 명령을 하면 저항에 부딪히지만, 우정의 미소로 대하면 곧잘 이루어지는 일이 많다.

---

1 "하나님이 사람에게 이 모든 일을 재삼 행하심은 그 영혼을 구덩이에서 끌어 돌이키고 빛으로 그에게 비치려 하심이니라."

8월 30일

세상에 대하여 방어적이지 않은 태도를 취하는 것이 어떤 사람들에게는 아주 어렵다. 그들을 움직이게 하는 원동력이 없기 때문이다. 당신이 만약 그렇다면 언제나 성령의 영향을 향하여 마음을 열고 있어야 한다. 그것으로 충분하다.

8월 31일

깊이 파고드는 날카로운 쟁기 같은 불안이 우리의 마음에 잇달아 자라는 껍질을 언제나 새로이 벗겨내야 한다. 그런 뒤에 비로소 영원하고 풍성한 진리의 결실을 맺는 씨앗이 우리의 마음에 떨어져 뿌리내릴 수 있다. 이러한 과정을 거치지 않으면 우리는 인생의 밑바탕에 있는 진실에 대하여 무감각한 채로 끝날 것이다. 많은 경험을 쌓으면 결국 고난이 없는 삶을 원치 않는 경지에 이르게 된다. 이것이야말로 '영원한 안식'의 상태이다. 지상에서 우리가 겪는 고난은 나쁜 성질로부터 우리를 지켜주는 보호자이자 파수꾼이다.

9월

9월 1일

　　인간은 다음 두 가지 일 때문에 모든 선에서 방해를 받는다. 그런 일은 누구나 일생에 한두 번쯤은 직접 경험했을 것이다. 즉 어떤 사람이 나쁜 일을 하려고 할 때 그것이 별로 나쁜 짓이 아니라 세상의 관습이고, 따라서 그것을 했다 하더라도 자신이 선한 사람임은 변함없을 것이라고 자신을 합리화하는 것이다. 그러나 그 일을 해버리면 갑자기 그는 새삼스럽게 돌이켜서 용서를 구할 수도 없을 것이라고 생각한다. 이렇게 회개를 단념하겠다는 생각을 극복해야 한다. 하나님은 어떠한 회개라도 틀림없이 받아들인다. 회개의 시기가 아무리 늦다 할지라도, 또 몇 번이고 반복한 뒤에 회개한다 할지라도 우리의 주는 힘과 평안을 구하며 매달리는 자는 누구도 거부하지 않는다. 다시 한 번 말하지만 어떤 사람일지라도 예외는 없다.

　이러한 사람이 나중에는 반대로 가장 신뢰할 수 있는 사람이 되는 일이 흔히 있다. 왜냐하면 그들은 한편으로는 향락적인 생활의 비참함을, 다른 한편으로는 영혼의 평안이 얼마만한 행복인가를 깊은 경험에서 배워 어느 쪽을 택할 것인가를 알고 있기 때문이다.

9월 2일

　　　　내가 살면서 경험한 바로는, 질병은 대개 도덕적 결함이 함께 작용하지 않고서는 생기지 않는다. 신경질환 또는 초기 정신병에서는 거의 예외 없는 법칙이다. 그러나 병을 초래한 원인이 제거되는 일은 극히 드물다. 그뿐만 아니라 원인을 정확하게 파악하지 않는 일이 허다하다.

　그래서 많은 환자가 적지 않은 병원을 돌아다니며 갖가지 치료를 받고, 그러는 사이에 차츰 머리가 둔감해진다. 더욱 나쁜 것은 자기 마음대로 병을 진단하여 주치의의 실력을 시험하고 일시적인 만족을 얻는 것이다. 때로 블룸하르트와 피그네스, 크나이프 같은 만병을 고치는 기적을 행하는 사람에 대한 소문이라도 듣는 날에는 몇천 명씩 떼를 지어 치료소에 밀어닥치지만, 대개는 얼마 안 가서 원래대로 돌아간다.

　특히 신경질환에서 가장 좋은 치유 방법은 이것이다. 즉 숭고한 마음을 가진 환자가 참다운 신앙을 가지고 병이 나으면 전보다 더 잘 쓰이겠다고 굳게 결심하는 것이다.

　병원을 위한 좋은 격언이 있다. 중국 사람이 한 말이다. "유일하게 필요한 것은 사랑하는 마음이다! 깨뜨리지 마라, 서두르지 마라. ……다른 사람을 짓밟고 자기를 높이려 하지 마라. 괴로워하는 사람을 위로하고 그의 벗이 돼라."

9월 3일

　　〈고린도후서〉 12장 7~10절에서 사도 바울이 '육체의 가시', 또는 그를 주먹으로 치는 '사탄의 사자'라고 일컫는 것은 아마도 자주 나타나지만 외적인 이유로는 어떻게 설명할 수 없는 무기력함 외에 다른 무엇이 아니었을 것이다. 무기력함은 명확하게 존재하지 않는 어떤 것에 대한 광기에 가까운 불안으로 발전할 가능성이 있으며, 가까워오는 재앙의 실제적인 예감일 수도 있다.

　이러한 시기에 가장 큰 위안이 되는 것은 이 나약함이 하나님의 명령에 대한 인간의 복종심을 증대시키는 때에는 또 하나의 강함이 될 수도 있다는 것과, 위대한 사람들도 그런 나약함을 느꼈다는 것을 사도 바울과 함께 의식하는 것이다. 이런 나약함은 정신적으로 높은 곳에 이르려는 사람을 교육시키는 데도 필요하다.

9월 4일

　　당신이 만약 건강하고 싶다면 몇 달 또는 몇 년이나 부질없이 남의 도움을 기다리지 말고, 많은 사람의 매개 없이 언제라도 도울 수 있고 또 도우려고 존재하는 저 성스러운 손에 매달려라. 이러한 구원이 앞선 뒤에 의사의 도움을 받아야 한다.

　의심하는 자, 비웃는 자에게는 조용히 대답하라. 당신보다 훨씬 이전에 한 사람이 대답했고, 또 그 후로도 무수히 많은 사람들이 대답한 것을.

9월 5일

법은 이미 오래전부터 오늘날에 이르기까지 진실과 허위의 특수한 혼합이다. 그러므로 재판에서는 진실만을 중히 여기고, 가능한 한 이것을 살리는 것이 특히 중요하다. 이것에 대하여 우리는 곧잘 이 말을 상기한다. "하나님은 인간을 단순하게 만들었다. 그런데 인간은 많은 기교를 요구한다."

왜 그럴까? 그 이유 중 하나는 하나님이 원한 단순한 생활방식이 개인적·국가적 지위에서 너무나도 단순하기 때문이며, 또 하나는 이기주의가 언제나 진리를 해치기 때문이다. 또 이것 못지않게 단순한 진리를 신봉하기보다 자기가 습득한 기교를 부리는 것이 다른 사람을 넘어서서 자기의 주장을 펼치는 데 더 유리하기 때문이다.

이러한 이유로 진정한 법적 관계의 들러리에 오랜 시간에 걸쳐 전승된 허위나 반쪽짜리 진리가 생겨, 건전한 법률 감정의 저항에도 법률과 재판을 통해 인위적으로 유지되고 있다. 이리하여 때로는 강대한 인격이 하나님의 명령을 받고 이것을 깨뜨려 진리를 위해 다시 문을 여는 것이다.

9월 6일

아마도 겸손은 인간의 속성 중에서도 가장 자연성이 적을 것이다. 인간은 원래 너무 거만하고, 너무 용기가 없고, 너무 수줍어한다. 순수한 겸손이란 다른 힘의 불가사의한 감정이다. 이것은 어디까지나 힘의 감정이지만, 하나님의 은총이라는 의식이 따른다.

은총이라는 의식이야말로 유일하게 무해한 힘의 감정이다.

9월 7일

　　　　　진정한 내적 진전이 일어나는 데에는 세 가지 단계가 있다. 제1단계는 열광적 감격으로서, 마치 마른 덤불에서 활활 타오르는 불꽃같이 높이 튀며 타오른다. 제2단계는 그 치열한 불꽃이 약간 소멸한 상태로서, 조금 전에 그렇게도 격렬한 화염이었다고는 도무지 믿을 수 없을 정도이다. 제3단계는 끊임없이 연소하는 숯불이 조용하고 변함없이 따스함을 전해주는 것과 같다. 여기에는 이제 어떤 동요나 변화도 없고, 그 포근한 효과는 누구에게나 명백하다.

　만약 인간의 정신이 어떤 중대한 일에서 이 최후의 단계에 도달한다면, 그는 그때 내적으로는 평안이라 하고, 외적으로는 위력이라고 불리는 활동적인 평안을 얻게 된다.

9월 8일

　　　　　그리스도의 신성을 논한다는 것은 그야말로 무익한 일이다. 이와 같은 생명의 비밀을 우리는 규명할 수도 없고, 또 해서도 안 된다. 삼위일체는 그 자체가 이해하기 어려운 것이며, 그렇게 말하고 싶다면 규명하기 어려운 것이라고 해도 좋다. 요컨대 삼위일체는 하나의 비유이지 어떠한 설명이 아니다. 어쨌든 살아 있는 신에게서 인간을 격리시키는 유일신교나 자연신교는 그릇된 것이다. 사도들의 견해에 대하여 가장 많이 생각해야 할 대목은 〈고린도전서〉 15

장 28절[1]이다. 그러나 이러한 모든 정의보다 하나님과 그리스도, 또는 우리의 자연적인 영혼이 아닌 내면의 선한 영혼에 관한 확신이 훨씬 더 중요하다.

9월 9일

영혼을 해치는 비통한 경멸의 감정에서 현명한 사람을 구원하는 것은 동정심뿐이다. 이것은 제6감이라고 할 수 있는 것으로서 근본적으로 무거운 고난을 통해 훌륭한 사람들에게 생기는 것이다. 다른 사람에게 거의 도움이 되지 않는 값싼 동정심과는 다르다. 그렇지만 세상에는 고난을 경험하면 다른 사람에게 냉혹해지고, 다른 사람도 자기와 같은 고난을 겪어야만 한다고 생각하는 사람들이 있다.

우리가 진지하게 애쓰지 않으면 안 될 것이 있다. 그것은 가능한 한 모든 피조물을 괴롭히지 않는 것이다. 이것은 어떤 적극적인 자선보다도 가치가 있다.

9월 10일

관능적 생활에서 완전히 단절된 단순한 '정신적' 생활은 지상에서는 무서운 일이다. 그것은 사람의 마음에 공허감을 낳고, 다른 사람에 대한 냉담함과 무관심을 초래하기 쉽다. 이런 (부자연스

---

1   "만물을 저에게 복종하게 하신 때에는 아들 자신도 그때에 만물을 자기에게 복종케 하신 이에게 복종케 되리니, 이는 하나님이 만유의 주로서 만유 안에 계시려 하심이라."

러운) 것에서 냉혹한 폭정과 종교 박해의 도구가 발생하였다. 이리하여 그들은 개인적으로는 비난할 만한 것이 없는데도 매우 많은 해악을 끼쳤다.

나는 그들뿐만 아니라 이론적인 철학자와 신학자에게도 언제나 반감을 품어왔다. 그런 사람들은 우리에게 도움되는 것이 거의 없고, 또 사람의 마음을 편안하게 하거나 진보시킬 수도 없는 문제를 유독 즐겨 설명한다. 나는 내 생애의 마지막을 그런 유명한 사람들과의 논쟁으로 허비하고 싶지는 않다.

9월 11일

이른바 인간애란 하나님에 대한 사랑이 뒷받침되지 않으면 환상에 지나지 않으며, 또 자기기만일 뿐이다. 왜냐하면 그런 경우 사람들은 다만 사랑해야 하는 자를 사랑하거나 자기를 사랑하는 자를 사랑하는 데 지나지 않으며, 언제든 이러한 조건이 사라졌다고 느끼면 곧 사랑을 거두거나 완전히 버리려고 서둘러 결심하기 때문이다. 인간애는 냉담한 일반적인 호의를 나타내는 아름다운 말에 지나지 않는다. 실제로는 포식한 맹수가 그 주위에 대하여 가지는 정도의 무해한 태도이다.

이러한 인간애로는 해마다 몇백만 명이 정신적으로 또 육체적으로 굶어 죽더라도 그것 때문에 괴로워하지 않지만, 자신이 느끼는 아주 미미한 부자유도 견디지 못한다.

9월 12일

"이 세상에서 행복 이상의 무언가를 희구하는 사람은 행복이 자기 몫이 아니라고 하여 불평해서는 안 된다." 이것은 약간 '실리주의적'이고 조소적인 의미를 가지고 있지만, 매우 진실한 말로서 많은 실패한 인생을 설명해준다. 우리는 사실 그 '이상'이나 그 '이하'를 선택하지 않으면 안 된다.

그러나 이것이 행복에 관한 최후의 설명은 아니다.

"행복은 세상에 있는 것이다. 그러나 우리는 그것을 모른다. 아니, 알고는 있지만 그것을 존중할 줄 모른다."(괴테)

이것이 훨씬 더 진실한 말이다. 이 행복을 강하게 느껴본 적이 없는 사람은 그것을 그대로 상상할 수 없고, 전래되는 신화나 과장된 설화라고 해석하는데, 실은 건전한 진리이다.

9월 13일

많은 사람들이, 때로는 재능 있는 사람들조차도 그들이 경험하는 모든 것에 관하여 즉시 판단을 내려야 한다고 생각한다. 이를테면 그들이 처음 만난 사람이나 몇 페이지를 겨우 넘긴 책에 대해서도. 그렇기 때문에 그들은 곧잘 그릇된 판단을 하게 되고, 나중에 다시 정정하지 않으면 안 될 지경에 이른다. 아니면 끝까지 자기의 견해를 고집하여 자신의 품성을 해치고, 심지어 다른 사람에게도 상처를 입힌다. 만약 당신이 이러한 습관을 가졌다면, 신문기자를 업으로 삼고 있지 않은 이상 빨리 습관을 버리는 게 좋을 것이다.

9월 14일

인간에 대한 신뢰와 하나님에 대한 신뢰는 경험상 양립하지 않는다. 오히려 하나가 다른 하나를 배척한다. 영혼에 언제나 신앙심이 충만하다면 후자는 한층 더 확실하다. 그렇지만 이 경우에도 괴로움이나 근심이 제거되는 것은 아니다. 이것을 제거하는 것이 대다수 사람이 자기완성을 해나가는 데 크게 유익하다고는 도저히 생각되지 않는다. "십자가의 회초리는 무덤에 이르기까지 우리의 엉덩이를 때린다. 거기에서 비로소 그칠 것이다." 그러나 그 이전에 이미 모든 것을 견디기 쉬워져 결과적으로 확실히 좋아진다. 이것은 믿어도 좋다.

그런데도 인간은 그것을 원하지 않는다. 그는 더 높은 의지를 따르지 않고, 또 그에 어울리는 삶이라는 의무도 지키지 않으며, 그저 편안하고 쾌락이 가득한 삶을 살고자 한다. 유사 이래로 인간은 생각할 수 있는 모든 방법으로 이것을 갈구하고 있지만, 인류 가운데 극히 일부라도 그렇게 살았던 예가 없다. 하물며 모든 사람이 그럴 수 있다는 것은 말할 나위도 없다. 만인을 위한 구원은 그것과는 전혀 다른 길에 있다.

9월 15일

"나를 욕보일 때 너는 나를 위대하게 하는 것이다"라는 말은 일반적인 관용어일 뿐만 아니라 확실히 틀림없는 인생 경험이기도 하다. 진정으로 선하고 위대한 것이 처음에는 하찮은 것으로 간주되지 않은 예는 극히 드물다. 거기에다 또 어떤 경멸과 굴욕이 이것에 선행한다. 우리가 비바람을 보고 다가오는 봄을 알듯이, 이 굴욕을 통해 확실한 성공을 예측할 수 있다. 당신이 만약 굴욕 속에서, 나중에 그만큼 더 많은 행복을 당신에게 주려는 하나님의 성스러운 손길을 보고 기꺼이 굴욕을 감수할 수 있다면, 당신은 이미 크게 진보한 것이다.

9월 16일

가장 확실한 신앙은 역사에 뿌리를 내린 신앙이다.

하나님의 정의와 사랑에 실망하기 시작하면, 곧 하나님의 존재마저도 의심하기에 이를 것이다. 왜냐하면 정의와 사랑이 없는 하나님은 고상한 사람들에게는 견딜 수 없이 혐오스러운 우상에 지나지 않기 때문이다.

9월 17일

오늘날 신앙의 자유는 구원과 생명에 이르는 길을 더욱더 어렵게 만들었다. 그렇지만 다른 한편으로는 이 길을 걸어가는 한, 이 길을 한층 더 신뢰하고, 한층 더 확실하고 올바른 목표로 인도하게끔 해주었다.

9월 18일

가장 강력한 인생 철학은 용기와 하나님의 의지에 대

한 순종이 올바르게 혼합되는 데에서 나온다. 그중 어느 하나가 정당하게 행해지지 않으면 잘 풀리지 않는다.

에너지를 경감시키지도 않고, 그렇다고 해서 너무 흥분시키지도 않는 어느 정도의 점액질과 결합할 때, 전시나 평상시를 불문하고 인생의 모든 일이 가장 잘 이루어진다.

"성공의 비결은 목적에 대한 끊임없는 노력에 있다."(디즈레일리)

9월 19일

언젠가 무보수로 사무를 봐준 이스라엘 사람에게 농담 반, 진담 반으로, "나는 당신이 아니라 이스라엘의 하나님한테서 보수를 받고 싶다"고 말한 적이 있다. 그러자 하나님은 즉시 내 말을 받아들여, 그 후 한동안 거의 끊임없이 내 평생 가장 심한 고통과 모욕을 보냈다. 그래서 이 글을 쓰고 있는 지금도 이 커다란 선물을 적당히 평가하고 그것을 선용하는 데 힘을 다하고 있다. 그 일이 없었다면 이 책은 쓰이지 않았을 것이다. 왜냐하면 유용한 책과 진실한 행복은 둘 다 힘겨운 기초를 가지고 있으며, 또 대단히 역설적으로 들리지만 불행은 인생의 행복에 꼭 필요하기 때문이다.

9월 20일

은혜를 저버리는 것은 견디기 어려운 일이다. 그렇지만 이것은 언제나 그 사람이 실제로나 정신적으로 좀더 유리한 처지에 있다는 것을 증명한다. 그러므로 우리는 은혜를 저버리는 사람에 대해서는 인내심을 가져야 하며, 감사할 줄 아는 사람은 그만큼 더 존중해야 한다. 은혜를 저버린다고 해서 결코 비난해서는 안 된다. 선한 사람은 스스로 깨달을 것이고, 악한 사람은 비난해도 전혀 동요하지 않는다. 오히려 악한 사람들은 남들이 충분한 감사와 보은을 바라고 선을 베풀었다는 것을 고백이라도 한 듯 짐을 내려놓았다고 생각할 것이다. 이렇게 되면 그가 보기에 자신은 다만 투자에 실패했을 뿐이고, 더 영리한 사람이 된다.

9월 21일

하나님의 은총을 입지 못하고 있는 죄인의 마음이 어떨지 한번 주의깊게 관찰해보라. 그러면 당신은 증오하지 않고 모든 사람에게 깊은 동정심을 느낄 것이다.

무언가에 대해 노여움을 품으면 그는 자신을 스스로 통제할 수 없다. 모든 악에 침착하게 저항하는 것이 승리하는 데 가장 좋은 방법이다.

9월 22일

크롬웰이 필생의 사업을 준비할 때 그의 사촌누이 세인트 존 부인에게 적어 보낸 말, 즉 자신은 '급료'를 이미 '선불'로 받았다는 것은 확실한 사실이다. 하나님은 대가를 미리 지불한다. 하나님에게 봉사하려고 굳게 결의한 사람이 느끼는 기분은 오랫동안 충분히 봉사한 뒤에 느끼는 기분과 같다. 다만 좀더 지속적이지 않다는 차이가 있을 뿐이다.

천국의 주요한 부분은 지상에서도 가질 수 있다. 그러므로 헤른후트 교단의 찬송가가 노래하고 있는 것이 진리이다. "은총을 아는 자는 이미 전리품을 가지고 있다."

이런 사람이 자발적으로 전리품을 포기한다면, 그만큼 자기 자신에게 무책임한 것이다.

9월 23일

우리는 살아가면서 때때로 사람들이 우리의 적이 되거나 벗이 되는 것은 그들의 자유의지가 아니라, 그들을 통해 우리에게 작용하려는 하나님의 도구라는 것을 깨닫고 위안을 얻곤 한다. 그러므로 적이든 벗이든 선을 긋는 것은 온당치 않다.

9월 24일

어디에서든 사랑으로 진리를 위하는 것, 이것은 우리의 진정한 생활 과제이다.

근대의 한 저술가*는 "쓰러지려고 하는 자를 더 떠밀고 가장 강한 자만이 살아남는다"고 말했다. 이것이 일반적으로 적용된다면, 우리는 민족 대이동의 시대로 되돌아갈 수밖에 없을 것이다.

이 세상에서 가장 강한 자가 언제나 최후에 경기장에 남는다는 것

---

* 아마도 니체를 말하는 듯하다.

은 물론 틀림없는 사실이다. 그러나 그것은 과대평가된 인간의 힘이 아니라 자기를 신뢰하는 약자를 편드는 하나님의 세계 질서이다. 이 것은 오늘날에도 변함없이 신뢰할 수 있는 진실로 증명될 것이다.

9월 25일

"기독교는 모든 고상한 성질을 가진 사람의 진리와 마음의 평화에 대한 갈망을 충족시켜줄 수 있다"는 경험적 증명은 기독교의 진리를 가장 잘 보여준다. 이러한 갈망을 충족시켜주는 자야말로 고민하는 인류의 진정한 구원자이다.

기독교는 일반적으로 비실천적인 이상주의가 아니다. 오히려 반대로, 이 세상에 존재하는 것 중에서 가장 효과적이고 진정으로 실천할 수 있는 이상주의이다. 이것이 이 세상에서 기독교가 가지는 영속적인 의의이다.

9월 26일

돈을 많이 버는 사람의 이야기를 들으면(오늘날 주로 상공업계에서 일어나는 일이지만), 그가 그 돈을 가지고 무엇을 할지 의문이 든다. 부질없이 돈만 모아서 결국은 오래전부터 기다려온 상속인에게 모두 물려주는 것처럼 교양인에게 어울리지 않는 일은 없다. 또 신체나 정신에 아무런 이익도 없는 사치스런 생활을 하느라 돈을 낭비하는 것도 그것 못지않다. 돈을 많이 번 사람들은 대부분 이것을 잘 알고 있지만, 살아생전에 돈으로부터 쉽사리 떨어지지 못한다.

또 그 돈을 가지고 뭔가 합리적인 일이나 자선사업을 벌일 줄도 모른다. 그러나 그들이 적합한 사람의 손에(그런 사람은 모든 사회에 언제나 존재한다) 돈을 맡긴다면 인간의 불행은 대부분 구제될 것이다.

9월 27일

인간과의 교류, 아니 한 걸음 더 나아가 하나님이 만든 모든 피조물과의 교류에서 유일하고 바른 원칙은 이유 없이 괴롭히지 않고, 동정심을 가지고 모든 사람의 평화와 삶의 기쁨을 방해하지 않을 것, 또 각자 의무를 다하고, 향락을 위해 살지 않을 것을 요구하는 것이다. 이것이 자유의 자연적 권리에 대립하는 교육과 순치의 권리, 야만적이거나 반야만적인 지역을 정복할 권리이며, 특히 인간의 이익을 위해 행해지는 한에서 인간의 지배 또는 귀족정치의 상대적 권리이다. 이 외의 모든 지배는 폭정이며, 그것은 피지배자와 지배자를 함께 타락시킨다.

문명국의 국민도 강력하고 우량한 정부에 대해, 또 이름만이 아니라 실제로 고귀하고 위대한 모든 일에서 스스로 솔선수범을 보이며 의무를 다하는 참다운 귀족정치에 대해서 지금도 그렇지만 가까운 장래에는 더 한층 호의를 보일 것이다. 왜냐하면 그들은 하나님을 버린 뒤로 '통치의 결여'를 느끼고 있기 때문이다. 니체의 과장된 말도 결국 그러한 기분의 표현에 지나지 않는다.

그러나 졸렬한 정부나 향락에 빠진 귀족을 단지 합법적 또는 종교적 이유로 존경하도록 국민을 유도하는 일은 이제 누구도 할 수 없을 것이다. 그런 시대는 이미 지나가버렸다.

9월 28일

　　　　　고상한 품성을 지닌 예민한 사람들에게는 그들의 종교
적·철학적 소신이나 윤리적 생활의 어떤 결함에 대하여 직접적인
비난을 퍼부어서는 안 된다. 그 비난이 정당하든 아니든 간에 그들
은 비난을 너무나 강하게 느끼기 때문이다.

　그런 사람들에게는 그들이 약간 위험한 샛길에 들어섰다는 것만을
알려주면 된다. 때로는 침묵함으로써 그것을 가장 잘 표현하는 수도
있다.

　그러면 그들은 다른 사람이 하는 것보다 훨씬 좋게, 더 정당하고 절
실하게 자기 자신에게 진리를 타이른다. 또 시련을 겪을 때 사람들이
자신에게 보내준 신뢰와 배려에 대해 고마워한다. 이에 반해 사람들
이 그에 대한 신뢰와 존경을 버렸다고 생각하면 무엇이든 쉽게 단념
해버려 말할 수 없는 재난을 초래한다. 이 사실을 많은 부모와 교육
자가 충분히 이해하지 못하고 있기 때문에 나중에 숭고한 생활의 폐
허 앞에 숙연히 서는 것이다. 이런 생활은 재건의 여지가 없는 경우
가 매우 많으며, 그렇지 않더라도 훨씬 큰 인내와 관용이 필요하다.

9월 29일

　　　　　어려운 사건에 처했을 때는 우선 오성을 동원해서 정
당성을 찾아내려고 애써야 한다. 두 번째로, 완전한 지혜를 듣는 가

능성을 믿는다면 그것을 활용해야 한다. 그다음 자기애, 허영심, 명예욕, 이기심, 고집, 그 밖에 '늙은 아담'에게 아무리 마음에 드는 성질이라 할지라도, 그것들이 참견하지 않도록 주시해야 한다. 그리고 마지막으로, 진실하지 못한 어떤 것도 개입해서는 안 된다. 왜냐하면 진실하지 못한 것은 악의 힘이며, 이것에 한번 양보하면 악의 권리가 되어 거기에서는 어떤 선도 생길 수 없기 때문이다. 이러한 조건에서는 어떠한 어려움도 극복할 수 있다. 단, 그것은 맡겨지거나 부과된 일에서 그렇지, 자신이 선택한 일에서는 그렇지 않다. 그러나 후자의 경우에도 이 모든 조건을 지키면 큰 피해를 입지 않고 거기에서 빠져나올 수 있다.

9월 30일

많은 일을 하며 한 주를 보낸 뒤 일요일이 가장 유쾌하듯, 고난을 겪은 뒤의 행복이 가장 유쾌하고 위험이 적다.

10월

10월 1일

인생을 힘차게 살아나가는 데는 두 가지 길이 있다. 하나는 이리 떼처럼 울부짖으며 만인에게 충분하다고 할 수 없는 삶의 쾌락을 차지하기 위해 서로 물어뜯고 싸우는 것이다. 이것이 보편적인 삶이고, 이른바 유물주의의 '생존경쟁'이다. 다른 하나는 정신을 강하게 고양하여 하나님과 진정으로 가까워짐으로써 전자와 같은 투쟁이 필요없어지고, 우울감과 무력감이 마음에 남지 않게 된다.

양자의 중간에 있는 삶은 부족함이 많은 결과를 낳을 뿐이다. 많은 사람들이 삶에 대한 불평을 일용할 양식으로 삼고 있는데, 이것은 모든 어리석음 중에서도 가장 큰 어리석음이다. 왜냐하면 그런 상태를 바꿀 수 없기 때문이다. 하나님과 세상에 맞서 끊임없이 투쟁하느라 너무 많은 힘을 빨리 소모시킨다. 그럼에도 완전히 악이 되려고도 하지 않고, 그렇다고 결연히 선이 되려고도 하지 않는 것이 오늘날 인류의 삶이다. 단테는 이런 사람들을 마음에 평화가 없고 양쪽의 강력한 인간들로부터 모욕당하는, 언제나 어두운 '지옥의 입구'에 두었다.(단테,《신곡》〈지옥〉편 제3곡 참조)

"자비도 정의도 저들을 가벼이 하니

우리도 저들에 대해 말할 것 없이 그저 보고 지나치자."

10월 2일

우리가 인생에서 무엇보다도 먼저 자각해야 할 것은, '내가 본래 무엇을 성취하려고 하는가'라는 점이다. 그리하여 이것을 알게 되면(여기에 이르기까지 보통 생애의 절반 이상을 허비한다), 그 목적과 함께 수단도 얻으려고 노력해야 한다.

재능을 키우고 노년에 이르기까지 이것을 유지하고자 한다면 착한 일을 많이 해야 한다.

세상에서 올바르게 일하려면 무엇보다도 완전한 사람이 되어야 한다. 그러기 위해서는 진정으로 선행을 해야 한다. 지식이나 사색만으로는 안 된다.

10월 3일

나는 여태까지 제대로 점을 쳐본 일이 없다. 오히려 그런 신비스러운 일에 항상 반감을 품고 있었다. 그러나 내 삶의 중요한 시기에 눈앞에 다가온 변화를 감지하게 되는 일이 몇 번 일어났다. 그것은 언제나 얼마 후 이 땅을 떠나는 사람들이 전해주었다. 그러나 그것은 그 사람들이 계획한 것도 아니고, 갑자기 일어난 미래에 대한 통찰이어서 마치 우연처럼 나타났다. 그러고 보면 그런 예언은 있을 수 있는 일이다.

10월 4일

　　　　현대인이 기독교에 실망하여 영원한 정신의 평화에 이르는 길에서 떨어져 나가는 것은 기독교의 진상을 알았기 때문이 아니다. 그들은 대개 그 본질을 제대로 알려고 하지 않는다. 기독교가 엄격한 탓도 아니다. 그들 중에는 그렇게 함으로써 위안이 가득한 확신, 또는 그들에게 결여된 영혼의 평화와 건강을 얻을 수만 있다면, 아무리 어려워도 주저하지 않을 사람이 결코 적지 않다.

　그들이 반감을 품는 것은 이 종교의 인간적 지도자이다. 특히 그들이 이러니저러니 비난할 수 있는 여러 가지 명칭을 가진 성직자들, 또 어릴 때부터 불쾌한 기억을 가지고 있는 무미건조한 교리, 이교의 정책보다 특별히 뛰어나 보이지 않는 기독교의 정책, 그들의 귀에 진부하고 불쾌하게 들리는 가나안의 말, 마지막으로 종파적 근성, 빈번하게 '여기저기서 빵을 나누는 것(가정에서 하는 잦은 성찬식)', 그리고 그때 다른 일에 대하여 말이 너무 많은 것, 그것이 십분 정당했다 하더라도 이미 유다나 다른 최초의 제자들을 노하게 했던 개인에 대한 과도한 숭배, 또 '친구'가 아닌 사람들에 대한 멸시, 이외에 많은 것들이다.

10월 5일

　　　　우리가 알고 있는 하나님은 무한한 사랑으로 가득한

존재이다. 그분이 열망하는 것은 인간에게 소중한 것, 아니 모든 것이며, 또 인간의 나약한 성질을 해치지 않는 한 지상에서 많은 보물을 인간에게 선사하는 것이다. 그러나 유감스럽게도 나약한 인간은 작은 행복만 감당할 수 있다.

10월 6일

기독교가 구제를 바라면서, 또는 비만에 괴로워하면서 끊임없이 밀어닥치는 불건전하고 병적인 것을 모두 정복하려면 그 스스로 건강해야 한다.

이것이 아마도 그리스도가 때때로 제자들을 떠나 산상에서 홀로 새로운 힘을 구하지 않으면 안 되었던 이유일 것이다.

그러므로 특히 정신적으로 건강하지 못한 무리가 끊임없이 몰려드는 형식적인 '기도원'은 그만큼 사리에 어긋난 것이다. 그곳에 오래 있으면 누구든 해를 입지 않을 수 없다.

10월 7일

인간이 일단 완전한 사랑의 나라에 들어가면, 이 세상이 아무리 불완전하다 해도 아름답고 풍성한 곳이 된다. 왜냐하면 그 세상은 사랑의 기회로 가득하기 때문이다.

10월 8일

하나님의 질서에 따르면, 지배자가 자기 자신을 생각

하지 않고 모든 사람들의 종이 될 때 통치가 비로소 합법화한다. 그 밖에는 어떠한 지배도 잘못이다. 모든 지배자들은 이것에 따라서 판단해야만 한다.

10월 9일

기독교를 간단하게 이해하려면 〈요한복음〉 3장을 보라. 그런데 이 가르침에는 2천여 년 전과 동일한 오류가 지금도 기독교계의 한가운데에 있는 우리 사이에 존재한다.

오늘날 어떤 정확한 교의와 학문, 어떤 활동도, 그것이 인간의 본성을 변화시키지 않는 한, 우리를 도와서 참다운 생활에 이르게 하지는 못한다. 바꿔 말하면, 기독교가 요구하는 것이 인간에게 자연스러운 것이 되고, 또 친숙하고 자명한 것이 되지 않으면 안 된다. 모든 자연스러운 것이 그렇듯이. 그리하여 사람들은 기독교에 관하여 생각한다든가 스스로 무엇을 계획하여 배반하는 것은 반감을 불러일으켜, 꼭 정복해야 하는 것이라고 생각하도록 해야 한다. 사태가 이러하다면, 요한이 자신의 경험으로 첫 번째 편지에서 주장하고 있는 것, 즉 하나님의 명령은 추호도 어렵지 않다는, 보통 때에는 믿기 어려운 일마저도 실현된다. 왜냐하면 이미 자연스러워진 것은 어려운 것이 아니기 때문이다.

이것을 깊이 생각하라. 당신도 거기에 도달해야 하고, 또 언젠가 도달할 것이다. 이것이 인생의 목적이다.

10월 10일

  '그리스도론', 이것은 사실 기묘한 말이다. 우리는 주저 없이 이 말을 버릴 수 있다. 왜냐하면 그리스도가 만약 우리와 같은 생활 조건을 가진 일개 인간이라면, 그때 그의 삶과 위업을 설명하는 데 특별한 그리스도론은 필요없고, 좋은 전기가 있으면 그것으로 충분할 것이다. 그러나 아직 아무도 이런 전기를 쓰지 않았다. 그는 특별한 사람으로서 적어도 그 이전에도 이후에도 결코 없었던 어떤 방법으로 하나님의 영혼을 받았다면, 그때 그의 성질, 또는 그렇게 부르고 싶다면 그 이중성을 설명하기는 전혀 불가능하다.

 이에 대해서는 그 자신이 가장 명확하게 되풀이하여 말하고 있다. 그리고 모든 설명을 처음부터 피했다. 그러나 그의 본질에 관하여 그릇된 생각을 가진 자도 멀리하지 않았다. 이것은 그에 대한 성실한 사랑에 비하면 문제도 되지 않을 정도이다. 많은 기독교인이 이해할 수 없는 그리스도의 성질에 관한 전통적인 교의에 질려서 기독교를 멀리하고 있다.

 당신은 이러한 교리문답의 형식에 얽매이지 말고, 그리스도가 스스로 자기에 대해 서술하고 있는 것에 의지하라. 어디까지나 신앙을 바탕으로. 왜냐하면 어떤 시대에도 그랬듯이, 오늘날에도 더는 설명이 불가능하기 때문이다.

10월 11일

  현실의 고난이나 괴로움에 대해서는 언제나 하나님의

도움을 구할 수 있다. 그러나 상상하거나 과장된 괴로움은 그렇게 하기 어렵다. 우리는 가능한 한 많은 것을 참고 견뎌야 한다.

10월 12일

인간은 언제나 약점을 가지고 있기 때문에 때로는 하루쯤 신앙생활과 보통의 생활방식에 따른 생활의 차이를 다른 사람을 따라 하는 것이 아니라 자기 자신이 경험하여, 전자의 가치를 새롭게 존중하는 것은 참으로 좋은 일이다. 이런 일을 자주 시험해보지 않으면 확신이 서지 않는다.

10월 13일

진실을 말한다는 것은, 이것을 탐구하는 많은 '윤리학자'가 생각하듯이 그렇게 쉬운 일이 아니다.

오늘날에는 모든 것이, 그것을 쓴 사람조차 스스로 확신을 갖기 전에 서둘러 신문이나 잡지, 학회지 등에 발표된다. 어떤 사상이나 연구의 싹이 '기관지'를 가지지 않으면 안 되기 때문에 그 싹이 종종 지상에서 질식해버린다.

그러나 '윤리학자'에 따르면, 그들은 다만 주관적 진실, 바꿔 말하면 확신한 대로 설명할 뿐이라고 하지만, 주관적 확신이 그릇된 것이거나 미숙하다면 큰 화를 불러올 수 있다는 것, 또 이런 확신이 종종 편견일 수 있다는 것을 그들은 잊어버리고 있다. 거짓말하지 않는 것, 즉 더 나은 지식에 반대되는 말을 하지 않는 것, 이것은 물론

소극적이기는 하지만 의심할 나위 없는 도덕적 요구이다. 이에 반해 진실을 말하는 것은 그것과는 아주 달라서 미리 규정할 수 없는 일이다. 우리는 진실을 말하지 못해서는 안 된다.

그러나 오랫동안 거짓말을 해온 자, 또는 사교계에서 흔히 그러듯이, 일반적인 허위의 분위기에서 생활하는 자도 이것이 불가능하다. 많은 사람들이 이것을 뼈저리게 느끼면서도 그것이 안 된다. 그들은 확실히 윤리학만으로는 이 감금에서 풀려날 수 없다.

10월 14일

'적을 사랑한다'는 것은 기독교적 교의가 널리 자랑하고 있는 매우 아름다운 말이다. 그러나 기독교인의 실천에서는 이것을 흔히 볼 수 없다.

적을 사랑하는 것은 하나님과 연결되어 인간을 두려워하는 것을 잊어버렸을 때에만 가능하다. 그리하여 우리의 삶에서 적이 우리에게 크게 봉사했음을 알고 (그들이 오해하지 않는다면) 모든 것을 포용할 수 있는 마음이 생기는 것이다.

10월 15일

기도를 할 때에는 자기가 가진 것부터 먼저 감사해야 한다. 이것은 사람의 마음을 올바른 정서로 인도한다. 다음에는 자신의 의지를 하나님에게 맡기고, 마지막으로 오늘 하루를 위한 신앙과 사랑을 구해야 한다. 그다음 비로소 눈앞에 닥친 일을 기도하는 순서로 하면 된다. 우리의 의지를 맡겼을 때, 하나님의 뜻이 움직인 다는 것을 충분한 믿음으로 희망할 수 있게 된다. 그렇지 않으면 자기가 스스로 돕는 수밖에 없다.

그런데 하나님에게 자신의 의지를 맡기고 그릇됨이 없는 인도에 굳게 의지하면서 한 걸음 한 걸음 미래의 암흑 속에 들어가 감히 미래를 예견하려고 하지 않으면, 그때 비로소 동요하지 않는 차분한 인생이 시작된다.

10월 16일

성실은 가장 아름답고 가장 소중한 성질이다. 이 성질은 동물까지도 고귀하게 만들어, 그들을 거의 인간적 가치와 품위를 가진 존재로까지 높일 정도이다. 성실이 결여된 곳에서는 아무리 재주가 많고 교양 있는 사람도 사회 전반에 해를 미치는 야수에 지나지 않는다.

10월 17일

세상에는 참으로 비참한 일이 많다. 만약 적당한 곳에 도움을 청한다면, 그에 대해 강력한 도움을 주는 경우도 많다. 이때 도움을 거부하지만 않는다면 비참함에서 완전히 벗어날 수 있다.

인생의 행복과 불행을 결정하는 것은 외적 조건이지 내적 상태가 아니라고 믿는 것은 대다수 불행한 사람이 빠져 있는 숙명적인 오류이다. 극단적인 예를 든다면, 문명국의 죄수도 지극히 단조로운 생활이기는 하지만 그래도 걱정 없이 겸손과 순종의 의무를 다하며 살아가고 있다. 그들이 하나님을 믿을 수 있다면 끊임없는 근심과 결핍, 증오와 불만 속에서 신앙이 없기 때문에 하나님의 명령에 늘 반항하며 하나님의 접근을 알지 못하고 살아가는 많은 자유인들보다도 오히려 낫다.

"하나님 없이 지배자도 없다"는 무정부주의자의 표어도 그들의 불완전한 심리학을 보여주는 것에 지나지 않는다. 왜냐하면 그런 상태는 사람이 가장 견디기 어려운 것이기 때문이다. 이러한 자유는 얼마 안 가 견디기 어려운 공허가 되고, 사람들은 거기에서 벗어나 다시 다른 사람과의 결합을 통해 일종의 예속 상태를 구하기에 이른다. 이것은 보통의 윤리적 사회질서의 속박보다도 훨씬 가혹하다.

10월 18일

'폴리크라테스의 반지'[1]는 심리적으로 아주 타당한 이야기이다. 사람이 만약 소유의 기쁨에서 벗어나려면, 가장 아끼는 물건을 버리지 않으면 안 된다. 그러면 곧 그 외의 것에 대한 집착이 사

---

1 실러의 유명한 발라드. 폴리크라테스는 기원전 530년 에게 해의 소아시아 연안에 가까운 사모스 섬의 전제군주가 되어 에게 해를 제압했다. 그의 생애는 행운의 연속이었으나 결국 페르시아 총독 오로이테스의 속임수에 빠져 살해되었다. 실러의 시에 따르면, 폴리크라테스는 계속되는 행운에 신의 복수를 두려워하여, 이집트 왕 아마시스의 권고에 따라 그가 가장 아끼는 반지를 바닷속에 던져 다가올 불행을 막으려고 하였다. 그러나 다음날 아침 물고기의 배 속에서 반지가 나타나자 옆에 있던 이집트 왕 아마시스에게 자신한테 닥칠 흉변을 예언했다.

라진다. 사실 이러한 집착이야말로 많은 사람들을 재산, 가옥, 장서, 수집품, 회화, 그 외 값비싼 물건에 대한 노예적 종속 상태로 끌어들인다. 다른 점에서는 아주 선량하지만, "그러나 그 영혼이 먼지에 싸여 있는" 이런 사람을 단테는 《신곡》〈연옥〉편 제19곡에서 교황 하드리아누스 5세의 모습을 통해 교묘히 묘사하고 있다.

10월 19일

　　　무릇 하나님을 믿으려고 한다면, 무엇보다 먼저 하나님의 정의와 사랑을 굳게 믿어야 한다. 하나님에게 이러한 속성이 없다면 하나님은 우리에게 불행, 그것도 중대한 불행에 지나지 않을지도 모른다. 그렇다면 차라리 하나님이 없었으면 좋겠다고 생각할 수도 있다. 이것은 우리가 생각할 수 있는 가장 큰 모독이다.

　이것은 사리에 비춰보아도 명백한 것인데, 실제로 우리는 운명의 어느 부분엔가 불만을 가짐으로써 매일 이 죄를 범하고 있다.

10월 20일

　　　지상의 생활은 필연적으로 평상심에 인내를 요구하고 있다. 그러나 막상 그 시기가 오면, 민첩하게 정력적으로 행동하지 않으면 안 된다.

10월 21일

　　　〈욥기〉의 개요를 살펴보면, 욥은 어떤 일이 있어도 자신의 벗인 하나님에게 의지하겠다고 굳게 결심하여 마음의 평안을 얻었다. 그러나 그때는 하나님을 보기 전이어서 순전히 믿고 결심하지 않으면 안 되었다. 그렇지 않았다면 그는 상처받지 않고 고난에서 벗어날 수 없었을 것이다. 그는 선인이든 악인이든 만인에게 똑같이 베풀어지는 하나님의 정의를 보지 않았을 때에도 그것을 의심하지 않았다. 마지막으로 자신이 겪는 고난에 하나님의 뜻이 담겨 있다는 설명을 들었지만, 그것을 하나님으로부터 받은 훌륭한 것, 구원이 되는 것으로 성실히 받아들이지 않으면 안 되었다. 이렇게 하나님의 정의에 절대로 복종한 뒤에 어느 주석자가 말했듯이, "이 시련을 견딘 사람에게 하나님의 은총을 보여주는 것을 방해하는 건 이제 없다. 싸움은 끝났다. 이제 그는 승리의 포상을 받을 수 있다."

그를 오해하고 무시한 사람들, 즉 친구들에 대해서도 하나님은 그 후에 내적으로 고양되고 올바른 사람들에게 관용을 보여주었다. 욥이 그것 때문에 마음을 쓸 필요가 없었다. 그는 이제 자신이 가장 원하는 상태에 이르렀다. 하나님은 친구들이 그를 찾게 하여, 그가 없으면 그들을 용서하지 않았을 하나님의 중재에 매달리게 만들었다. 이런 일은 오늘날에도 종종 일어나곤 한다.

10월 22일

불행한 사람들은 그들이 과연 '구원'을 받았는가 아닌가를 놓고 쓸데없이 생각하는데, 이것은 자신감이 지나친 것과 마찬가지로 해로운 것이다.

10월 23일

아침에 일어나자마자 오늘도 짊어져야 할 십자가를 생각하면, 그것이 너무도 무겁게 느껴질 때가 있다. 그날 또는 미래에 닥칠지도 모를 일을 생각하면, 모든 감정 중에서 가장 불쾌한 공포감이 엄습할 것이다.

그러나 오늘도 나를 일으켜준 하나님의 은총을 생각하고, 하나님의 나라를 세우기 위해 봉사할 것을 생각하면, 그 목적을 위해 자신이 할 수 있고, 또 해도 좋은 일을 생각하느라 이 활기찬 사람은 하루 종일 기쁨을 느낄 것이다.

10월 24일

아무리 선량한 사람일지라도 그 생애의 대부분 그들이 받을 만한 가치가 있는 이상으로 많은 행복을 누리고 있다. 아니, 대다수 사람들이 전 생애에 걸쳐서 실제로 그러하다.

10월 25일

인생의 어떤 시기에 어쩔 수 없이 악의에 찬 중상비방을 참고 견뎌야 했다면, 그 후로 우리는 사람들의 칭찬을 거의 무시하게 된다. 이 비방의 더러움은 장미수로도 씻어낼 수 없다. 상처를 치유하는 하나님 정의의 불꽃만이 그것을 불태워 없애줄 뿐이다.

어쨌든 사람들의 하찮은 칭찬은 악의가 불타는 화살이 상처를 남긴 심장 깊은 곳까지는 결코 스며들지 못한다.

10월 26일

괴로워하는 사람은 괴로워한 적이 한 번도 없었던 사람을 결코 믿지 않는다.

10월 27일

다른 많은 일에서와 같이 사교에서도 중용을 지키는 것이 올바른 자세이다. 끊임없는 교제는 누구에게든 정신적 불이익을 안겨주게 마련이다.

이와 반대로 고독을 사랑하는 것도 건전하다고 할 수 없다. 사람들과의 과도한 접촉의 결과로 괴롭기 때문에 지금은 고독을 사랑하는 것에 대해 관대하고 싶지만, 그것은 사람을 고집스럽게 하고 세상에 냉담하게 만들며 선행을 소홀히 하게 한다. 그러므로 우리는 어떤 성스러운 은자도 믿어서는 안 된다. 그것은 값싸게 구할 수 있는 신성이다.

자기의 성향이 어느 쪽에 더 많이 기울어 있는가를 자각하여, 그에 반대되는 성향을 살리도록 적절한 시기에 조치를 해야 한다.

어떤 사람은 너무도 한가하여 무익한 존재가 되기도 하는데, 또 어떤 사람은 너무도 혹사당하고 있는 것이 특히 오늘날 부인들의 운명이다. 건강상의 문제도 대부분 이 결함 때문이다. 한쪽에는 유익하고 흥미로운 일을 주고, 다른 쪽에는 내적 평안을 얻을 수 있는 기회와 휴식을 줌으로써 더 늦기 전에 구제해야 한다.

10월 28일

냉정히 관찰하는 사람들에게는 그들이 어떤 인물에게서 받은 최초의 인상이 가장 올바른 표준이 된다. 침착성 없는 냉혹하고 교활한 눈, 신경질적이거나 머뭇거리는 손, 육감적인 입, 품위 없는 턱, 하관이 발달한 얼굴, 이것들은 숨길 수 없다. 다행히 여성의 순진한 표정은(나이든 부인에게는 많지만 오늘날 젊은 여성에게선 보기 힘들다) 흉내낼 수가 없고, 무엇으로도 대신할 수 없다. 여성에게 속는 자는 틀림없이 죄가 있는 자이다.

순진한 표정을 갖지 못한 여성에게는 절대로 마음을 주지 말라. 어떤 경우에도 그녀들이 당신의 삶에 큰 영향력을 미치게 해서는 안 된다. 그와 반대로 그렇지 않은 여성과의 교제는 정신적으로 매우 이롭다. 그리고 여성의 경멸은 언제나 나쁜 징후이다.

여성 편에서도 그릇된 문화나 교육으로 일그러지지 않았다면, 누가 유능한 남자인지 확실히 알아보는 본능적인 감정을 가지고 있다.

10월 29일

다른 사람은 보통 우리가 자신에 대해 알고 있는 것보다 우리를 더 잘 알고 있다. 일반적으로 그들이 이해타산에 눈이 멀지 않았다면, 그들은 우리가 생각하는 것보다 훨씬 명확하고 정당하게 판단한다. 그렇지만 그들은 칭찬만 할 뿐 입 밖으로 비난하진 않는다.

비난이나 비판, 반대에 봉착하면 그것이 정당한 근거가 있는 것인지 엄정히 따져서 미래를 위해 이용해야 한다. 그러나 그 밖의 것이라면, 특히 자기가 전적으로 정당하다면 침묵해야 한다.

신문에서 가장 문제가 되는 것은 누가 말하고 있는가 하는 점이다. 그것은 비개인적인 것으로 생각되는 '신문'도 아니고, 더구나 이미 '여론'이 된 것도 아니다. 그것은 보통 독자의 승인을 필요로 하는 특정한 개인의 의견 제시에 지나지 않는다.

10월 30일

우리는 태어나면서부터 모두 '노여움의 아들'이다. 이 성질은 노인이 되어갈수록 점점 명백하게 나타난다. 그것 때문에 많은 노인이 자신에게나 다른 사람에게 무거운 짐이 되고 있다.

약점이 아닌 참다운 자비와 친절은 더 높은 삶의 완전한 증거이지만, 이것은 어떤 사람의 삶이 '파멸의 황야'를 지나 '결혼(하나님과의 결합)'의 성지에 도달했을 때 비로소 나타난다. 그러나 이것에 대해 더 말하는 것은 쓸데없는 일이다. 이것은 다른 세계로부터 들려오는 음성이며, 그 목소리에 귀가 열린 사람은 드물기 때문이다.

10월 31일

우리 마음속에 일어나는 가장 선하고 가장 결정적인 것은 모두 섬광 같은 성질을 띠고 있다. 이것은 은총의 빛이며, 다른 세계에서 오는 광명이다. 대개 하나의 통찰일 뿐만 아니라 활발한 행동을 자극한다. 그때 재빨리 결심하고 바로 실행에 옮기는 것이 인간에게 주어진 과제이다. 그렇게 하지 않으면 은총의 섬광은 사라져버린다. 그러나 우리가 결심을 하면, 금빛 날개를 가진 독수리처럼 넘기 힘든 장애를 넘어서서 힘차게 우리를 데리고 올라간다. 천국에 이르는 길은 아주 독특해서 보통의 학습 규칙으로는 전혀 헤아릴 수 없다. 그러나 이것을 경험하지 못한 사람은 믿으려 하지 않는다.

11월

11월 1일

　　　　죽음의 관념은 젊은 사람들에게 대개 공포스럽지만, 정상적인 상태에서 양심에 거리낌이 없다면 죽음의 확률이 커짐에 따라 공포는 사라진다.

　그렇다면 죽음은 취침과 기상이라고 하는 일상적인 과정과 본질적으로 차이가 별로 없다. 이 과정에 대한 믿을 만한 보고서를 하나도 갖고 있지 않지만, 그것은 마치 누구도 잠드는 과정을 상세히 기억할 수 없는 것과 마찬가지다. 톨스토이는 죽음이 다가올 때의 감정을 이렇게 말했다. 이것은 다른 많은 사람들의 경험과도 부합한다.

　"나는 삶과 죽음에 대해 품었던 관념에서 점점 멀어졌다. 죽음이 더는 두렵지 않고, 삶의 한 에피소드로서 죽음이 삶을 끝내는 것이 아니라는 인식에 하루하루 다가갔다. 결국 인내심을 가지고 의연하게 죽음을 맞아들일 수 있는 경지에 이르렀다. 영원한 생명에 대한 믿음이 굳건해지고, 모든 의혹이 힘없이 사라졌다. 때때로 갓 태어난 아이의 기쁨에 찬 소리처럼 환성이 내 마음에서 솟아날 정도였다. 한없는 행복이 내 영혼을 가득 채우고, 나는 친한 벗을 기다리듯 그렇게 죽음을 기다렸다."

생각건대 자기 마음대로 죽는다고 해서 모든 것이 끝나는 것은 아니다. 오히려 더 힘겨운 삶이 이어질지도 모른다. 그렇다면 우리는 어떤 일이 있어도 마음대로 이 삶을 끊어서는 안 된다.

11월 2일

'영원한 안식'에 머물고 있는 자가 지상에서의 삶에 대해 명료한 추억을 가지고 이 세상의 삶에 어떤 영향을 미치는가 하는 것은, 내가 아는 한 성경의 어느 곳에도 나와 있지 않다. 앞에서 한 이야기(9월 26일을 참조하라)는 물론 이것을 직접적으로 부정하지 않지만, 자연적인 논리에 따르면, 선하지 못한 사람들은 잃어버린 삶을 추억하며 깊이 뉘우칠 것이 분명하다.

지상에서 우연히 같은 시기에 생활한 모든 사람과 같은 은혜를 입었다 할지라도, 다시 만나 영원히 함께한다는 것은 결코 내키지 않는 생각이다. 이것은 지상에서 끝내고 싶었던, 또는 지상에서 이미 끝나버린, 이상적이라고 할 수 없는 관계에 대한 좀처럼 사라지지 않는 추억을 전제로 한다. 망각은 이 세상에서 축복의 시작이다. 만약 레테의 강*이 없다면, 모든 고난의 기억이 되살아나 축복이 될 수 없다.

명확한 추억이 있는지 없는지 확실하지 않은데도 이 땅을 떠난 사랑했던 사람들과의 영원한 결합을 믿는 것은 어쩔 수 없는 마음의 요구이다. 우리는 종종 그 사랑했던 사람들을 추억하며 그들이 가

---

* 레테(Lethe)는 그리스어로 '망각'을 의미한다. 레테의 강은 그리스 신화에서 지옥에 있는 강으로, 이 강물을 마시면 망령들이 모든 과거를 망각하게 된다.

까이 있음을 뚜렷이 느끼곤 한다.

11월 3일

성스러움과 덕 또는 정의에 대해 너무 많은 것을 이야기해서는 안 된다. 성경에서 말하듯이, 사물을 꿰뚫어보는 눈앞에서는 '더러운 옷'*에 지나지 않기 때문이다.

인간이 지상에서 달성할 수 있는 것, 또 다른 사람에게 베풀 수 있는 것은 하나님에 대한 사랑이며, 모든 진실과 선에 대한 사랑, 모든 동포에 대한 참다운 친절이다. 이것을 스스로 느끼는 사람은 인생의 최고 목적을 달성한 것이다.

11월 4일

세상에는 두 종류의 인간이 있다. 한쪽은 우리가 행복할 때는 무척 다정하게 굴지만, 우리가 불운에 처하면 슬그머니 몸을 숨기는 작자들이다. 다른 한쪽은 다정하진 않지만 불운할 때 우리를 버리지 않는 사람들이다. 친애하는 독자여, 당신은 어느 쪽에 속하는가 판단하라. 또 어느 쪽이 더 아름다운가 판단하라. 만약 당신이 전자에 속한다면 어떠한 경우에도 그들이 당신의 심장에 뿌리내리지 못하게 하라. 그들은 형편이 좋을 때 함께 노는 상대일 뿐, 그 이상 아무것도 아니다.

---

* 구약성서 〈이사야〉 67장 6절 참조.

11월 5일

신앙에 대해 많은 책이 쓰였음을 나는 알고 있다. 그러나 〈히브리서〉 10장 35~39절,[1] 또 11장보다 더 훌륭한 것은 없다.

11월 6일

이해하기 대단히 어렵지만 한번 이해하고 나면 우리의 모든 사고에 큰 영향을 끼치는 것이 바로 이런 생각이다. 즉 생생한 행복감은 새로운 노고와 비애에 앞서 힘을 강화시키는 준비이고(크롬웰이 말한 '보수의 선불'), 무거운 시련과 낙담은 더 큰 축복과 하나님의 힘으로 인도하는 문이라는 생각이다. 이것을 이해하면 불행 속에서도 편안해지고, 행복 속에서도 진지하고 사려 깊어진다.

11월 7일

단테의 《신곡》〈지옥〉편에서 프란체스카 다 리미니가 하는 말, 즉 "비참함 속에서 행복했던 때를 회상하는 것처럼 큰 아픔은 없나니"라는 유명한 말은 (기독교와는) 다른 갖가지 인생관의 결과를 잘 나타내고 있다. 큰 불행에 빠졌어도 영혼의 중핵은 불행에 닿는 일 없이 지난날 자신이 받았던 선과 미를 감사하며 상기할 수

---

1   "그러므로 너희 담대함을 버리지 마라. 이것이 큰 상을 얻게 하느니라. 너희에게 인내가 필요함은 너희가 하나님의 뜻을 행한 후에 약속을 받기 위함이라. 잠시 잠깐 후면 오실 이가 오시리니 지체하지 아니하시리라. 나의 의인은 믿음으로 말미암아 살리라. 또한 뒤로 물러가면 내 마음이 그를 기뻐하지 아니하리라 하셨느니라. 우리는 뒤로 물러가 멸망할 자가 아니요, 오직 영혼을 구원함에 이르는 믿음을 가진 자니라."

있다. 그러나 그 행복이 향락에만 있다면, 이 말은 늙어가면서 이것을 비통하게 경험해야 하는 무서운 진리를 담고 있다.

11월 8일

제노바의 성녀 카타리나는 당돌하게 물었다. 하나님에 대한 사랑은 다른 모든 사랑을 배척한다, 그래도 우리는 이웃을 사랑해야 하는가, 라고. 그녀는 이에 대해 다음과 같은 답을 얻었다.

"나를 사랑하는 자는 내가 사랑하는 모든 것을 사랑한다. 가능한 한 네 이웃의 정신적·육체적 행복을 위해 애써야 한다. 참다운 사랑은 이웃을 위하여 사랑하는 것이 아니라 하나님을 위하여 사랑하는 것이다."

이것은 이웃에게도 좋은 일이다. 왜냐하면 이웃을 위해 사랑하면 때로 마음이 동요하고, 하나님을 위해 사랑하면 마음이 확고부동하기 때문이다.

11월 9일

중류계급으로 태어나면 살면서 다음 두 가지 일을 경험할 기회가 거의 없다. 즉 충고와 도움을 얻기 위해 "남의 집 사다리를 오르내리는 것이 얼마나 고된 일인지",* 또 품위 있는 멋진 생활이 실제로 큰 만족을 주지 않는다는 것, 이 두 가지이다. 하류계급에

---

* 단테, 《신곡》〈천국〉편 제17곡 57~58행.

속하는 사람들은 첫 번째 괴로움을 잘 알기 때문에 그런 생활을 그리 존중하지 않는다. 그래서 언행이 좀 거칠기는 하지만 상류계급보다 오히려 자제력이 있고 고상한 사람이 많다. 상류계급의 고상한 멋은 때때로 냉혹한 이기주의를 숨기는 매끈한 껍데기에 지나지 않는다. 최상류 사회에도 '고상한 삶'의 허무함을 잘 알고 있는 사람이 있지만 거기서 벗어나지는 못한다.

11월 10일

선에 대한 자극과 악에 대한 자극은 대체로 찰나적이다. 선에 대해서는 즉시 응하여 우리를 도우려고 내민 손을 붙잡고 실천하지 않으면 안 된다. 악에 대해서도 그와 같이 즉시 단호한 의지로 저항해야 한다. "그리하여 사람은 별의 높이에까지 올라간다."

11월 11일

한 줌 흙으로 돌아갈 날을 미리 알고 있다면, 아마도 몹시 화를 내는 일은 없을 것이다.

11월 12일

넘치는 자기감정과 생활 감정의 하나인 거만함처럼 소심함도 악의 영혼으로부터 유래한다. 자신의 내부에 이것이 있음을 깨닫거든 그것이 더 자라나지 못하도록 즉시 그로부터 멀어져야 한다.

정신적으로 충분히 건강하지 못할 때에는 편지를 쓴다든지 하는 행동을 삼가야 한다. 언제나 그때 꺼림칙하거나 잘못된 일이 생긴다. 특히 열병 상태일 때는 그 유혹이 더 크다. 언제나 그런 유혹에 저항해야 한다.

11월 13일

　　'지나가던 자들'이 예수를 모욕하였다. 이 말은 언젠가 내 삶에서 특히 어려운 시기에 '지나가던'이라는 말에 방점을 찍게 만들며 적중했다. 사실 오늘날에도 예수와 그 후계자들을 모욕하는 것은 그 존재와 활동이 덧없는, 지나가는 자들이다.

11월 14일

　　결혼은 아무래도 좋은 그러한 일이 아니라 참으로 무서운 일이다. 그것은 개인에게나 여러 민족에게 축복의 원천이 되기도 하고, 그들이 다시 일어날 수 없을 만큼 저주의 원천이 되기도 한다. 이것은 개인이나 전체에 흔히 있는 일이다.

　결혼하는 날은 인생에서 가장 결정적인 날인데, 이것은 여성에게만 해당하는 것은 아니다. 그렇기 때문에 결혼잔치는 종종 더없는 엄숙의 의미를 당사자와 그 가족들을 위하여 얼마간 감추려는 것인지도 모른다.

11월 15일

참다운 지혜가 어디에서 오는가 알 수 없을 때, 〈요한복음〉 5장 19절[2]과 30절[3]은 이것을 틀림없이 우리에게 가르쳐줄 것이다. 그리스도도 이 법칙을 따랐다. 그런데 어찌하여 우리는 외람되게도 자신에게서 지혜를 찾으려고 하거나 철학의 학설에서 배우려고 하여, 그리스도의 언행에서 분명히 볼 수 있는 그런 원천을 찾아내려고 하지 않는 것일까.

11월 16일

진실한 성자에 대해 유감스럽게도 우리는 그의 만년의 일을 조금밖에 모른다. 세상에 알려진 그들의 내적 경험은 모두 그들이 완성되기 이전의 일이기 때문이다. 다만 그가 만년에 간간이 했던 말들이 그의 마음속을 비춰준다. 바이욘의 엘리자베스(1613년생)가 만년에 했던 아름다운 말이 그러하다. "나는 내 자신을 생명의 입김처럼 가볍게 느낀다." 이것은 우리 모두가 올바른 삶을 산다면 마지막에 할 수 있는 말이다. 오늘날 자기의 철학과 함께 늙어가는 많은 교양인에게 그 기분은 우리가 다 알 듯이 이것과는 전혀 다른 것이다.

---

2 "그러므로 예수께서 저희에게 이르시되 내가 진실로 너희에게 이르노니 아들이 아버지의 하시는 일을 보지 않고는 아무것도 스스로 할 수 없나니, 아버지께서 행하시는 그것을 아들도 그와 같이 행하느니라."

3 "내가 아무것도 스스로 할 수 없노라. 듣는 대로 심판하노니 나는 나의 뜻대로 하려 하지 않고 나를 보내신 이의 뜻대로 하려 하므로 내 심판은 의로우니라."

11월 17일

살면서 몇 번이나 인간을 혐오할 뻔한 시기가 있었다. 내가 그렇게 되지 않았던 것은 상류계급 사람들과의 친분 때문이 아니라, 소시민 계급의 삶과 사고방식을 통찰한 덕분이었다.

세상의 작은 것을 통찰하고 사랑하게 되면, 현대의 고민인 염세주의에 빠지지 않게 된다. 이와 반대로 어떤 사람의 내부에 아직도 높은 것, 귀한 것, 외적으로 눈에 띄는 것에 대한 내밀한 선망이 존재한다면(오늘날 교양 있는 계급에서 거의 예외 없는 사실이지만), '이 세상의 왕'*이 아직도 그에 대한 권한을 잃지 않은 것이며, 따라서 그들은 확실한 행복을 바랄 수 없다.

덧붙여 말하고 싶은 것은, 작은 것은 대개 사람들이 주의하기만 하면 큰 것보다 훨씬 사랑스럽고 흥미롭다는 점이다. 집안에서 관찰되는 개미나 부지런한 꿀벌, 피리새는 사자나 독수리, 고래 따위보다 훨씬 더 볼 만한 가치가 있고 흥미로운 동물이다. 고산식물의 작은 꽃은 화려한 튤립이나 갖가지 관엽식물보다 아름답다. 인간도 마찬가지다. 이 세상의 작은 것들을 돌아보라. 그러면 인생이 더 풍요로워지고 더 만족스러워질 것이다.

11월 18일

우리가 내적 생활을 희생하지 않고는 외부의 적에게서

---

* 사탄을 가리킴.

벗어날 수 없다. 어떤 사람이 기독교단의 일원이 되어갈 때 적이 늘어나는 일이 많다. 그러므로 우리는 용기와 내적 평화를 희망하지 않으면 안 된다. 그 밖에는 아무것도 도움이 되지 않는다. 용기와 평화를 주는 힘은 어떤 경우에도 우리의 영혼이 아닌 성령에게서 얻을 수 있다. 그러므로 때로는 행복 속에 있는 것보다 불행의 한가운데에서 오히려 더 행복과 기쁨을 느낀다. 이것은 보이지 않는 세계의 실재에 대한 부정할 수 없는 참다운 증명이다.

11월 19일

하나님을 섬긴다는 것은 삶의 모든 순간에 하나님의 의지를 얻기 위하여 자기가 가진 힘과 수단을 모두 사용하는 것을 말한다. 이렇게 사는 것만이 우리 영혼에 결코 꺼지지 않는 빛을 가져다준다. 우리는 하나님을 섬김으로써 인생의 이런 기쁨에 젖도록 불려온 것이다. 하지만 '예배(Gottesdienst)'는 별로 도움이 안 된다. 하나님도 이것을 기뻐하지 않는 것이 분명하다.

11월 20일

나도 때때로 불길한 마음이 들어 재앙에 대한 공상에 빠지는 일이 있었지만, 막상 그때가 되어보니 그런 일은 전혀 일어나지 않았거나 일어나더라도 비교적 견디기 쉬웠다. 재앙을 피하려는 시도는 재앙 그 자체보다 결과적으로 더 나쁜 것이었다. 이에 반해, 하나님에게 의지하면 하나님은 언제나 나를 도와주었다. 이런 신앙

없이 세상을 살아가기란 쉬운 일이 아니다. 이런 믿음이 있으면 누구나 훌륭하게 살아갈 수 있다.

그런 신앙을 가진다면 그 자체로 이미 하나의 행복이다. 왜냐하면 신앙은 영혼을 희열과 확신으로 가득 채우고, 신앙에서 생기는 궁극의 수확처럼 사람을 기쁘게 하기 때문이다. 반대로 염세주의는 불행과 같으며, 사람을 불행하게 하는 감정이다. 당신은 어느 쪽인가를 선택하라. 이것은 당신의 마음에 달려 있다.

11월 21일

모욕을 두려워하는 마음은 '고귀한' 환경에서 자란 사람들의 몸에 배어 그들이 할 수 있고, 또 하지 않으면 안 될 일들을 남들이 생각하는 것보다 훨씬 고도로 방해한다. 그들 중에는 신문의 비난 같은 인생의 사소한 일조차 두려워하는 사람이 많다. 이런 사람이 평생에 한 번이라도 모욕 속에서 상처받지 않고 벗어날 수 있다면, 그것은 바로 하나님의 은총이다.

사방에서 유혹하거나 빼앗으려고 하는 많은 것에 대해 지금 세상에 살고 있는 우리는 언제나 솔직하게 말해야 한다. "나는 그것들을 바라지 않는다. 그중 어느 것도 내 영혼을 만족시키지 못할 것이다. 나는 참다운 선을 원한다."

11월 22일

하나님의 은총으로 고양될 때마다 사람들로부터 먼저

굴욕과 경멸을 맛보게 된다. 이것은 확실한 징후이다. 우리의 가치는 인간의 선하거나 나쁜 의지에 따라 생기는 것이 아니라, 하나님의 섭리로 주어지는 것임을 분명히 깨닫고 그에 따라 행동하지 않으면 안된다. 그러므로 하나님의 은총으로 고양되면 겸손해지지 결코 거만해지지 않는다. 그리고 모욕은 사람을 강하게 만들고 믿음을 준다. 이것은 세상의 상도와는 정반대이다.

11월 23일

　　　　마음이 아프거나 신경을 제대로 통제할 수 없을 때에는 사람을 만나지 않는 것이 좋다. 그 아픔을 인간이 아닌 하나님에게 호소하라. 어느 정도 침착을 되찾은 뒤에 사람들을 만나라. 그럴 수 없다면 동물이 병을 자각할 때 본능적으로 그러듯이, 당신도 가만히 칩거하라. 그러나 요즘 사람들은 이럴 때 꼭 남의 집으로 찾아간다. 하지만 상대방은 대체로 그들을 도울 수 없다.

　상대적으로 건강한 사람이 이런 낙담한 환자나 흥분한 사람들을 만나야 할 때에는 그들을 비난한다든가, 깨우치려 한다든가, 그들의 괴로움이 부질없는 것이라 설득하려 해서는 안 된다. 이것은 그들의 병을 악화시킬 뿐이다. 그들을 다정하게 대하고, 자극하지 말고, 안식과 위안이 필요하다면 그것을 주고, 또 그들이 일시적으로 흥분해서 던지는 말에 신경쓰지 않는 것, 이것이 가장 좋은 방법이다. 훌륭한 사람들은 신경이 쇠약해져서도 남을 돕지 않으면 안 될 때, 오히려 그들을 도움으로써 스스로 도움을 받곤 한다. 그들은 그것을 통해 쉽게 일어설 수 있다.

11월 24일

〈요한계시록〉 21장 22절[4]은 교회가 결코 영원한 것이 아니며, 신앙의 길에 효과적이고 유익하지만 현세적인 지주에 지나지 않음을 분명히 보여주고 있다. 어느 것이 주요한 것인지 잘못 보지 않으려면, 언제나 이것을 염두에 두는 것이 좋다.

11월 25일

그리스도로부터 우리가 들어서 알고 있는 말은 아주 큰 '진실성'을 가진다. 이 말들은 언제나 글자 그대로 해석해야 한다. 이것은 〈마가복음〉 16장 17~18절[5]에도 적용된다. 이것이 전혀 들어맞지 않을 경우에는, 그의 기독교 신앙이 그럴 수 있을 만큼, 또 그래야 할 만큼 아직 충분하지 않은 것이다.

11월 26일

무슨 일이든 선전이 너무 요란하면 그것을 믿지 말라. 사물이든 인간이든 간에 그것이 참으로 좋고 하나님의 뜻에도 합당

---

4 "성 안에서 내가 성전을 보지 못하였으니 이는 주 하나님, 곧 전능하신 이와 어린양이 그 성전이심이라."

5 "믿는 자들에게는 이런 표적이 따르리니 곧 저희가 내 이름으로 귀신을 쫓아내며 새 방언을 말하며, 뱀을 집으며 무슨 독을 마실지라도 해를 받지 아니하며, 병든 사람에게 손을 얹은즉 나으리라 하시더라."

하다면 굳이 선전하지 않아도 알려지게 마련이다. 반대로 처음에는 분명히 좋았던 것이 선전으로 오히려 손상되는 일도 많다.

11월 27일

　　　　　무슨 일이든 자세히 아는 것은 무식과는 반대로 결국 좋은 일이다. 우리는 세계의 여러 가지 속성을 되도록 완전히 앎으로써 이 세계를 자기 것으로 만들어야 한다. 그러나 나는 인간의 행복을 증진시키는 것과 직접적으로 관계가 없는 사소한 일에 내 삶을 바치고 싶지는 않다. 향락이나 돈벌이보다는 그래도 별로 필요치도 않고 유익하지도 않은 이런 학문에 생애를 바치는 것이 얼마나 좋은 일인지 모른다.

　특히 많은 여성이 자기가 무익하게 살고 있다는 근심 속에서 심신을 회복하지 못하고 오히려 악화시켜 마침내 건강을 영영 잃어버리게 되는 것은 당연한 이치이다. 의사는 그녀들에게 먼저 이렇게 말해야 한다. "일을 하십시오. 당신도 다른 사람들처럼 일을 하는 것이 사명이자 의무입니다. 당신의 하잘것없는 자아보다는 좀더 큰일에 흥미를 가지십시오"라고. 그렇게 하지 않으면 어떤 의술도 효과가 없다.

11월 28일

　　　　　일을 할 때는 먼저 가장 필요한 것부터 하라. 그러나 활발하게 요점을 파악한 뒤에 시작하라. 이것이 시간을 벌 수 있는 방법이다. 두 번째로 좋은 방법은 불필요한 일이나 노력을 일체 피하는 것이다. 그다음 적절한 시기에 오락이나 사교의 의무라고 불리는 불필요한 일을 포기할 수 있다면, 누구든 힘들게 노력하지 않더라도 건강을 유지하면서 두 배, 세 배로 많은 일을 할 수 있다.

11월 29일

극복하는 것, 인생에서 모든 악함과 추함을 밟고 넘어서서 승자가 되는 것, 이것이 삶의 참다운 시초이다. 단, 이것은 모든 것을 경시하고, 투쟁을 회피한다든지, 속인다든지, 결국 스토아적 무관심으로 머리를 숙이고 길을 활짝 열어 적에게 양보하는 것을 말하는 것이 아니다.

내적 성장에는 인내가 필요하다. 뿐만 아니라 성장의 각 단계는 충분한 시간을 필요로 한다. 그렇지만 투쟁은 흔히 상상하듯이 그리 오래 지속되지는 않는다.

11월 30일

하나님의 존재에 대한 경험이 없으면, 우리는 마음 깊은 곳에서 결국 무신론자가 될 것이다. 아무리 열심히 교회에 다니고(이것은 무신론에서 우리를 지켜주지 못한다), 또 무신론과 불가지론을 믿지 않아도 말이다.

그런 경험이 없으면 여러 민족이 불신에 빠져, 진화론의 학설처럼 고등동물의 생활로 나아갈 것이다.

그러나 하나님은 스스로 증명한다. 먼저, 자연과학이 철학보다 우위를 차지한 지 불과 30~40년이 지나지 않았건만 이미 철학에 대해 깊은 불만을 나타내고, 그 결과 무서운 운명이 다가오고 있다. 따라서 사려 깊은 사람은 진화론이 말하는 세계는 성립 불가능하며, 실제로 몇천 년 동안(사람들은 이것을 몰랐지만) 존재한 적도 없기 때문에 그것은 가설에 지나지 않는다는 것을 깨닫게 될 것이다.

하나님을 믿지 않더라도 이상주의적 욕구를 가지고 있는 한, 무언가 인간적 이상을 스스로 만들어 (이를테면 괴테처럼) 자기완성의 표준을 축소시키지 않으려면, 있지도 않은 장점을 억지로 만들어 거기에 부여하지 않으면 안 된다.

그렇게 하기에는 너무 영리해서 세상 물정을 잘 아는 사람들은 절대적인 회의주의에 빠져서 이 세상의 모든 선을 의심하고 비웃으며 경멸할 것이다. 그러나 그렇게 되면 삶에 무슨 가치가 있겠는가?

12월

12월 1일

　　　　노년기가 시작되는 어느 날, 과거와 관계를 끊지 않으면 안 된다. 노여움이나 애석한 생각을 갖지 말고, 과거의 장부를 닫고 다시 열어서는 안 된다. 그 안에 적혀 있는 모든 선행에 대해 감사하라. 특히 모든 것이 좋은 결말을 얻었다는 것에 감사하고, 마지막으로 이제 많은 일이 일어나지 않고 영원히 해결된 것에 감사하라. 그리고 지금까지와는 전혀 다른 삶인 '영원한' 생명을 향해 나아가라.

　덧붙여 말하고 싶은 것은, 이것은 '죄의 용서'일 뿐만 아니라 그 이상, 즉 스스로 죄를 망각하는 것이다.

　단테의 《신곡》에서, 죄에 대한 모든 기억과 인생의 추하고 힘들었던 모든 기억은 밑바닥에 가라앉고 하나님의 한없는 은총이라는 축복만을 남기는 레테의 강은 저쪽 천국이 아니라 이쪽 연옥에 있다. 그러나 자기의 잘못을 솔직하게 인정하고 진정으로 뉘우치는 자만이 과거의 모든 괴로운 기억에서 완전히 해방된다.

12월 2일

　　　1900년이 넘게 흐르고 그 외 다른 모든 것이 엄청나게 변해버린 오늘날에도 기독교는 그리스도 부활 뒤 첫날과 똑같이 엄존하며, 당시와 같이 신앙심 깊은 신도가 있다. 그리고 긴 세월 동안 이 진리에 대하여 옳지 않은 것, 과장된 것을 가지고 접근해온 모든 것이 차례차례 사라지고 이 진리만이 점점 더 명료하고 설득력 있게 남은 것으로 보아, 조금이라도 분별이 있는 사람이라면 누구나 〈마태복음〉 21장 44절과 24장 35절에 적혀 있는 진리를 틀림없이 이해할 것이다.

　그리고 이 가르침의 '열매'도 고대의 신화나 불교, 중국 철학, 이슬람교의 가르침과는 전혀 다른 것이었다. 설령 결함이 있다 하더라도 그것은 이 가르침을 따르는 데서 생긴 것이 아니라 따르지 않기 때문에 생긴 것이다. 모든 기독교도가 이슬람교도처럼 충실한 신도였다면, 세계는 전반적으로 지금보다 훨씬 좋아졌을 것이다.

12월 3일

　　　언젠가 당신이 진지하게 성경을 읽으려고 한다면(이것은 기독교를 알고 존경하는 것을 배우기에 더없이 좋은 방법이며, 언제까지나 그럴 것이다), 먼저 자기의 나약함, 특히 그런 일에 마음이 내키지 않아 하는 '늙은 아담'과 잘 타협하는 것이 현명하다. 그리고 전혀 흥미롭지 않거나 이해할 수 없는 대목이 나오면 더는 읽지 않는 것이 좋다.

성경의 각 편을 전부 다 안다면 말할 나위 없이 좋은 일이다. 그러나 그중 어떤 부분은(그렇다고 없어서는 안 되겠지만) 초심자에게는 얼마간 무의미하거나 기묘한 인상을 줄 것이다. 우선 복음서부터 시작하는 것이 좋다. 이것이 가장 중요한데, 성실하기만 하다면 누구에게든 틀림없이 감명을 줄 것이다. 다음에는 역사적인 부분을 읽는 것이 좋다. 고대의 어떤 역사책도 이것을 따라오지 못한다. 다음에 〈시편〉과 〈욥기〉, 예언서를 읽도록 하라. 그리고 마지막에 사도들의 편지, 사도행전, 요한계시록으로 넘어가라. 당신은 잠언과 전도서, 아가서를 옛날 시나 금언을 모아놓은 흥미로운 작품이라 생각할지도 모른다. 그 말들이 부처에게서 나왔든, 베다*에 실려 있든 간에 아무튼 최고의 찬사를 들었을 것이다.

성경 가운데 어느 편을 특히 좋아하는가는 전적으로 개인적인 문제이다. 〈시편〉 37편과 73편은 '죄 많은 자의 행복'에 대해 의문이 들었을 때 마음을 가장 잘 진정시킬 수 있는 노래이다. 〈시편〉 90편은 가장 오래된 유명한 기도로서 지금도 옛날같이 참신하고 아름답다. 91편은 옛날부터 전사들과 용사들이 애창했던 노래이다. 〈요한복음〉은 기독교의 내적 성질을 가장 잘 보여준다.

아무튼 내용의 풍부함과 사람을 격려하는 힘에서 성경에 견줄 만한 책은 여태까지 존재한 적이 없다.

---

* 인도 바라문의 원전.

12월 4일

미래에 대해, 심지어 세계의 종말에 대해 생각하는 것은 전혀 무익한 일이다. 왜냐하면 누구도 그것을 짐작하거나 예견할 수 없기 때문이다.

12월 5일

"여호와께서 그 사랑하시는 자에게는 잠을 주시는도다." 이 말은 다음을 의미한다. 즉 하나님에게 사랑받는 사람은 초조하게 일하거나 아부하거나, 또는 좋지 않은 방법으로 입신출세하지 않아도 일, 생계, 행복한 결혼, 친구, 체력, 건강, 필요하다면 휴식까지도 인생의 소중한 보물을 모두 얻을 수 있다는 것이다. 그렇지만 그들은 하나님의 명령을 충실히 따라서 망설임 없이 일하고, 하나님이 주신 것을 성실히 사용하여 이웃을 돕지 않으면 안 된다.

12월 6일

"무릇 사람을 믿으며 혈육으로 그 권력을 삼고 마음이 여호와에게서 떠난 그 사람은 저주를 받을 것이라. 그러나 무릇 여호와를 의지하며 여호와를 의뢰하는 그 사람은 복을 받을 것이라. 그는 물가에 심은 나무가 그 뿌리를 강변에 뻗치고 더위가 올지라도 두려워 아니하며, 그 잎이 청청하며 가무는 해에도 걱정이 없고 결실이 그치지 아니함 같으리라."(《예레미야서》 17장 5~8절)

이 말은 처음에 잠깐 생각하는 것보다 더 많은 진실을 담고 있다.

이 말을 믿는 사람은 인생의 많은 비통한 경험을 하지 않아도 된다. 적어도 나는 살면서 인간에게 많이 의지했을 때 언제나 그 지주가 나에게서 떨어져나갔다. 이와 반대로 하나님에 대한 믿음이 확실했던 때에는 한 번도 기만당한 적이 내 기억에는 없다.

　사람들이 이것을 진실로 믿기까지 상당히 오랜 시일이 걸린다. 그리고 이것을 믿기 전에 생애가 거의 끝나간다. 그러나 그때 비로소 사람들은 진정으로 인간을 사랑하게 된다. 그때까지는 정도의 차이는 있지만 사람들을 두려워할 뿐이다.

12월 7일

　　　　큰 것이든 작은 것이든 간에 낭비하지 말아야 한다. 낭비는 필수품마저도 갖지 못한 많은 사람들에 대한 부당한 행위이기 때문이며, 또 필요에 따라 남에게 충분히 베풀기 위해서이다.

　그래도 당신이 무언가를 낭비하고 싶다면, '능력 이상으로 베푸는 것'이 가장 숭고하고 해가 없는 낭비이다.

12월 8일

　　　　근대의 윤리학과 신학 또는 심리학 단체는 기독교와 여러 문명국에서 나타난 갖가지 기성 종교에 불만을 느끼고, 그것을 자신들 교리의 공통적인 배경과 출발점으로 간주하고 있다. 그들은 기성 종교 대신 종교철학을 훨씬 좋고 높은 것으로 생각한다. 특히 신학을 고대 인도의 종교철학과 결부시켜서 기독교보다 훨씬 나은 정신의 소산이라 말한다.

만약 이 평가에 대해 판단을 하고 싶다면, 《바가바드기타》를 복음서와 비교해보면 충분하다. 기독교에 대해 처음부터 편견을 품지 않은 사람이라면, 우리에게 전해지는 그리스도의 말이 그보다 한없이 위대한 힘과 정신적 내용을 가졌다는 것, 게다가 무식자도 이해하기 쉽다는 것에 놀라지 않을 수 없을 것이다. 이것을 인정하지 않는 사람은 어떻게 할 도리가 없다. 그런 사람은 이것을 보려고 하지 않든가, 판단력이 결여되어 있든가, 어느 한쪽이다.

모든 신학은 교양 없는 사람들에게는 마취제로 작용한다. 그런 사람일지라도 정신적으로 건강하다면 결코 기분 좋게 느끼지 않을 것이다. 그는 그것을 이해하지 못하거나 흥분과 열광에 빠질 것이다. 그러나 교양인은 결국 모든 것이 생활에 아무런 영향을 끼치지 못하고 단순한 사변, 쓸데없는 사색에 지나지 않는다는 것을 알고 있다. 이를테면 많은 세기를 겪은 인도의 사정이 이것을 증명하고 있으며, 또 중국의 철학적 윤리학도 효과가 없었다는 점을 보여주고 있다.

이것은 기독교의 내적 부흥을 요구하는 현대의 특징적이고 경고적인 현상이다.

12월 9일

어떤 목소리가 당신 귀에 "네가 그 사람"이라고 속삭인다. 당신은 가능한 일, 또 이 시대와 국민에게 필요하다고 생각되는 일을 하라. 당신에게 비교적 하찮고, 다른 사람들이 해도 충분한 그런 일은 포기하라.

　그것을 알지 못하는 사람이 그것을 행하고, 또 그것을 인정하고 있는 당신이 그것을 피하려고 하는 것은 무슨 까닭인가? 그래서는 안 된다. 당신의 첫 번째 의무를 이행하라. 다른 것은 모두 그만두라. 오늘 이 시간부터 그것을 수행하라.

12월 10일

　　　　하나님이 참다운 종에 대해 품고 있는 신뢰는, 그 사람이 한 나라의 불행을 막을 수 있을 만큼 크다. 불행을 피할 수 없다면 그는 앞서 하나님의 부름을 받는다. 이런 예는 결코 드물지 않다. 최근의 예로는 보어전쟁에 앞서 칼라일, 고든, 스펄전 그리고 글래드스턴이 세상을 떠났다.

　다만, 그들은 하나님을 사랑하기 때문에 스스로 하나님의 영원한 종으로서 자신을 바친 사람들이다.

12월 11일

　　　　이 세상의 삶에서 '탈출'하는 세 가지 방법은 이미 〈창세기〉 12, 15, 17장 첫 번째 절에서 아브라함에게 한 하나님의 세 마디에 기술되어 있다. 첫 번째 탈출은 좀더 나은 생활에 도달하기 위해 방해가 되는 익숙한 환경과 일에서 벗어나는 것이다. 두 번째는 하나님 외에는 아무것도 두려워하지 않고, 오직 하나님에게만 마음을 돌리는 것이다. 세 번째는 하나님 앞으로 한결같이 나아가는 것이다. 이것은 오늘날에도 참다운 생활에 도달하려는 모든 사람의 내적 생활의 경로이다. 그 밖에는 아무것도 필요치 않다. 그러자면 이 세 가지 탈출이 완전해야 한다. 단, 적당한 간격을 두고.

12월 12일

"내 백성이 화평한 집과 안전한 거처와 조용히 쉬는 곳에 있으려니와."(〈이사야〉 32장 18절)

현대 생활이 가져오는 모든 불안과 동요 대신 누가 이것을 바라지 않겠는가? 변함없는 화평과 기쁨이야말로 지상에서 바람직한 상태이며, 또 천국으로 가는 유일한 통로이다. 사람이 늙거나 병들어 죽을 때 품는 보통의 감정으로는 천국에 들어갈 수 없다. 그러나 평화와 기쁨이 가득한 상태는 죽음에 앞서서 일찍부터 사람의 내부에 분명 존재할 수 있다. 죽을 때에는 다만 차츰 쇠잔해가는 육체라는 외적 '장애'가 제거될 뿐이다.

12월 13일

악이란 실제로 무엇인가? 우리는 그것을 조금도 모른다. 어쩌면 우리는 그것을 아는 것을 견딜 수 없을 것이다. 악은 우리가 자유의지로 하나님과 가까워지는 것을 방해한다.

악의 시작은 언제나 하나님의 약속과 말씀의 진실성을 의심하고, 하나님의 명령을 실천할 수 있을까 의심하는 것이다. 그것은 종종 낯선 목소리처럼 우리 마음에 의심의 씨앗을 뿌린다. 그 결과 불신과 의혹, 마지막에 배반이 생겨나고, 그 뒤에 뉘우침이 찾아온다. 그러나 결코 잊어선 안 되는 것은, 돌아가는 길은 언제나 열려 있다는 사실이다.

12월 14일

　　　　〈사무엘상〉 7장 3절*은 이미 옛날부터 영락한 가문 또는 그 세력과 존엄이 몰락한 국민이 부흥할 수 있었던 수단이다. 이것은 어떤 분기(忿氣) 또는 어떤 무장으로써 행하는 것보다 훨씬 더 확실하다. 그러나 절대적으로 진심이어야 한다. 단순한 교회의 형식이나 종파 또는 형식적인 예배로는 안 된다. 이렇게 실천한 결과가 〈출애굽기〉 29장 45~46절**이다. 바야흐로 모든 문명국이, 특히 큰 나라가 존망을 결정하는 선택의 기로에 서 있다. 그 단서는 이미 갖가지로 나타나고 있다. 이것은 우리의 필연적인 운명이다.

12월 15일

　　　　이미 성경에서 만인에게 동등하게 이루어진 하나님의 약속, 더 나아가 사람들이 가슴 깊이 느끼고 때로는 말없이, 그러나

---

* "사무엘이 이스라엘 온 족속에게 일러 가로되, 너희가 진심으로 여호와께 돌아오려거든 이방 신들과 아스다롯을 너희 중에서 제거하고 너희 마음을 여호와께로 향하여 그만을 섬기라. 그리하면 너희를 블레셋 사람의 손에서 건져내시리라."

** "내가 이스라엘 자손 중에 거하여 그들의 하나님이 되리니, 그들은 내가 그들의 하나님 여호와로서 그들 중에 거하려고 그들을 애굽 땅에서 인도하여 낸 줄을 알리라. 나는 그들의 하나님 여호와니라."

때로는 명확한 말로써 받아들이는 약속은, 인간이 아무것도 하지 않아도 스스로 실현되는 것이 결코 아니다. 이 약속은 첫째, 신뢰할 수 있는 것임을 굳게 믿고 받아들여야 한다. 그리고 그것을 실현하는 데 필요한 모든 것을 인간도 행해야 한다.

그러자면 큰 인내가 필요하다. 우리는 종종 "너희에게 인내가 필요함은 너희가 하나님의 뜻을 행한 후에 약속을 받기 위함이라"(〈히브리서〉 10장 36절)는 명료한 소리를 들을 수 있다. 그럼에도 하나님이 우리에 관하여 정하신 일은 조만간에 이루어진다. 많은 어려움과 고통을 동반하지만 그 약속은 변하지 않는다. 그러나 우리의 행위에 따라 실현이 더 쉬워지거나 더 어려워질 수 있다.

12월 16일

삶의 대부분은 짧고 결정적인 행동으로 이루어진다. 이 행동 뒤에 다시 평온한 시간이 계속된다. 그동안 경험을 쌓아서 삶의 원칙을 얻고 그것을 확립하지 않으면 안 된다. 그렇게 하면 행동할 때 이 원칙에 따라서 별반 숙고하지 않더라도 본능적으로 움직일 수 있다. 이때 비로소 무엇을 할 수 있는지, 또 무엇을 하려고 하는지 숙고해야 하는 사람은 대체로 처음부터 실패하게 마련이다.

이런 결정적 순간에는 오늘날 군사적으로 인정받고 있듯이, '심리적 요소'가 큰 역할을 한다. 누구라도 충분한 힘과 원칙으로 일에 대처하는 사람은 결정적인 승리를 거둘 수 있다. 그것은 상당히 오랫동안 그 후의 운명을 결정한다. 이에 반해 불확실한 태도로 전투에 임하는 사람은 항복하거나 도피하며, 앞으로 나아가기보다 생애의 어떤 시기 전체를 그 임무와 함께 새로 시작하지 않으면 안 된다.

어떠한 결심도, 원칙도, 신조도, 행위로써 확실히 증명되기 전에는 그것을 믿으면 안 된다. 그리고 아직 확립되지 않은 원칙을 가지고 그런 상황에 몸을 맡겨서도 안 된다. 이 두 가지 경우에서 생기는 것은 애통한 패배이다. 우리는 이렇게 패배하는 일이 많다. 그것은 다른 무엇보다 선하고 위대한 것으로 나아가려는 용기를 빼앗는다.

12월 17일

불친절하고 실없는 말을 하지 마라. 일이 중대하고 또 필요한 때에는 바로 말하라. 냉담하고 거만한, 적어도 거만하게 보이는 침묵을 지키지 마라. 이것은 실로 중요한 일이다. 왜냐하면 언어는 행위 못지않게 수많은 불행의 원인이 되기 때문이다. 우리의 불행을 제거하고 개선하는 하나님의 은혜가 없으면, '실없는 말'을 많이 해서 지은 죄가 엄청나게 누적되어, 만약 그 전모를 눈앞에서 보면 전율하지 않을 수 없을 것이다. 그러므로 좋은 열매를 얻으려면 먼저 나무를 잘 가꿔야 한다.

12월 18일

선량한 많은 사람들이 바야흐로 배우고 또 내적으로 성장해야 할 때, 오히려 행동에 나서려고 한다. 또 독서나 예배를 제쳐두고 행동해야 할 때, 안식이나 성찰을 동경함으로써 자기의 삶을 해치고 있다.

'예배'는 대체로 위험한 말이다. 그것은 세속의 생활에 깊이 빠져 있는 영혼의 일시적인 고양에 지나지 않는다. 그러나 인생의 어느 시기가 되면 한결같이 하나님 곁에 다가간다. 외적으로는 그리 경건하게 보이지 않지만 내적으로는 훨씬 높은 단계이다.

12월 19일

지상에서 아무것도 하지 않고 내적으로 진보할 수 없다. 수도생활이 명상에만 잠기는 것이라면 그것은 큰 잘못이다. 이른바 '나라에서 조용히 사는 자'의 대부분이 빠져 있는 오류이다. 우리는 무엇보다도 먼저 그리스도를 통해 하나님과 올바른 관계를 맺고 '지상천국'에 이르지 않으면 안 된다. 이것이 실현된다면, 그 뒤에는 다른 사람들도 여기에 이를 수 있도록 도와야 한다. 이것이 세상을 사는 것이다.

그러나 너무 일찍부터 다른 사람을 도우려고 해서는 안 된다. '장님이 절름발이를 이끌다가 둘 다 구멍에 빠지는 꼴'이 되기 쉽기 때문이다.

12월 20일

오늘날 그릇된 길을 걷고 있는 사람들이 대부분 타고난 성향으로 인해 그 길에 발을 들여놓은 것이 아니다. 그들은 다른 방법으로는 세상을 살아갈 수 없다는 항간의 생각을 따르고 있기 때문이다. 이 생각에 대해서는 이미 구약성서에 그 반대되는 명백한 증거가 많이 나와 있다. 우리가 아는 한 그 증거는 아직 누구도 속인 적이 없다. 무기력하고 일시적인 시도가 아니라 상당히 오랜 경험에 근거하여 자신이 속았다고 주장하는 사람을 아직 본 적이 없다. 그러나 '세속의 길'에서 삶의 행복을 근본적으로 상실한 사람은 지금도 헤아릴 수 없이 많다.

12월 21일

기독교에 대해 당신의 호기심이나 일상적인 지식욕이 자극하는 것만을 찾아내는 일이 없도록 주의하라. 또 이러한 '의문'을 품고 양심의 지도자, '영혼을 근심하는 자, 그 밖의 권위자' 들에게 자꾸만 호소하는 일이 없도록 하라. 이것은 참다운 진리로서 기독교를 파악하는 데 직접적인 방해가 될 뿐이다.

12월 22일

"당신 같은 그런 마음은 자비라고 불리는 위대함 중에서 가장 높은 곳에 있습니다." 미켈란젤로가 비토리아 콜론나에게 써 보낸 이 말은 선과 악이 모두 위대했던 당시 인간의 모습을 보여 준다. 지금 세상은 대체로 그때보다 훨씬 좋아졌다. 그러나 사람들은 당시의 위대함이 오늘날에도 조금은 남아 있기를 바란다.

12월 23일

기독교는 '가르칠' 수 없다. 다만 다른 사람을 조용히 이끌어, 차츰 보고 들을 수 있도록 안내할 뿐이다. 기독교는 실제로 학문의 성질보다 비밀스러운 종교의 성질을 띠고 있다. 그러나 모든 부분에서 모두에게 열려 있다. 그럼에도 그것을 보지 못하고, 또 포착하지 못할 뿐이다. 배우지 못한 사람이라서가 아니라 오히려 그 반대이다. 그러므로 그리스도 자신도 하나님의 나라를 어린아이처럼, 즉 여러모로 연구하지 않고 흔들리지 않는 신념으로 받아들일 수 없는 자는 결코 들어가지 못한다고 말했다.

12월 24일

〈요한복음〉 3장은 주목할 만한 두 가지 말을 담고 있다. 19절*과 21절**이 그것이다. 오늘이라 할지라도 세상에 교훈이 없지는 않다. 또 사람들의 지성이 계발되었기 때문에 하나님의 말씀을 이해하지 못하는 것도 아니다. 그러나 사람들은 자신들의 행위를 위하여 하나님의 빛을 바라지 않는다. 그들의 행위는 그 빛을 견디지 못하기 때문이다. 그들이 만약 행위를 개선하려고 한다면, 이 신앙이 매우 쉽고 자연스러운 것으로 느껴질 것이다.

---

*   "그 정죄는 이것이니 곧 빛이 세상에 왔으되 사람들이 자기 행위가 악하므로 빛보다 어둠을 더 사랑한 것이니라."

** "진리를 좇는 자는 빛으로 오나니 이는 그 행위가 하나님 안에서 행한 것임을 나타내려 함이라."

21절의 의미는, 진정으로 진리를 섬기는 자는 이 세상의 가치와 효용에 마음 쓸 필요가 없다는 것이다. 진리를 섬기면 빛이 그를 비추어, 더는 어둠 속에 머물 수 없기 때문이다.

12월 25일

〈마태복음〉 23장 38~39절,[*] 〈열왕기상〉 9장 7~9절.[**]

이것은 당시 이스라엘 백성에 대한 심판이다. 하나님은 그들의 국민적 성전에서 나가셨다. 하나님이 없는 성전은 다가오는 심판을 견딜 수 없었고, 아무것도 보호할 수 없었다. 성령이 사라지기 시작하면 곧 종교의 어떤 형식도 도움이 되지 않는다.

또 다른 예언, 즉 유대교와 기독교가 언젠가 다시 하나가 되어 같은 역사를 가질 것이라는 예언이 실현될 날이 확실히 가까워오고 있다. 그때까지는 그리스도가 원한 기독교의 완성이 완전히 실현되지는 않을 것이다.

---

[*] "보라, 너희 집이 황폐하여 버린 바 되리라. 내가 너희에게 이르노니 이제부터 너희는 찬송하리로다. 주의 이름으로 오시는 이여 할 때까지 나를 보지 못하리라 하시니라."

[**] "내가 이스라엘을 내가 그들에게 준 땅에서 끊어버릴 것이요, 내 이름을 위하여 내가 거룩하게 구별한 이 성전이라도 내 앞에서 던져버리리니 이스라엘은 모든 민족 가운데에서 속담거리와 이야깃거리가 될 것이며, 이 성전이 높을지라도 그리로 지나가는 자가 놀라며 비웃어 가로되 여호와께서 무슨 까닭으로 이 땅과 이 성전에 이같이 행하셨는고 하면 대답하기를 저희가 자기 열조를 애굽 땅에서 인도하여 내신 자기 하나님 여호와를 버리고 다른 신에게 복종하여 그를 숭배하여 섬기므로 여호와께서 이 모든 재앙을 저희에게 내리심이라 하리라 하셨더라."

12월 26일

　　그리스도가 역사에 출현한 이후, 우리는 이렇게 말할 수 있다. 모든 인간적 이상이나 무조건적 모범은 오히려 해롭다, 라고. 어떤 사람도 이런 존재로서 눈앞에 떠올려서는 안 된다. 하지만 그는 당신을 그리스도에게 이끌어주는 안내자 또는 조력자는 될 수 있다. 그런 인간적 지도자에게 감사하라. 그러나 그를 '숭배'해서는 안 된다. 과도하게 사용되는 '숭배'라는 말에 실제로 무슨 의미가 있다면. 대개의 경우 '숭배'라는 말은 흔히 하는 감사만큼의 의미도 나타내지 않는 단순한 관용어이다.

12월 27일

　　바쁜 세상에서는 확실히, 환락으로 가득한 세상에서는 그렇게 쉽지 않지만 정직하게 말할 수 있다. "나의 영혼이 잠잠히 하나님만 바람이여, 나의 구원이 그에게서 나오는도다." 하지만 이런 고요함과 고독이 하느님 가운데서 살아가는 활기찬 생활로 이어지지 않는다면, 그것은 유혹으로부터 우리를 보호하지 못하고 자기 완성에 별로 도움이 되지 않는다. 지상에서는 이 두 가지 상태가 번갈아 나타나는 것이 가장 좋다.

12월 28일

　　가장 명확하면서도 가장 지키기 힘든 가르침 가운데 하나가 이것이다. "너는 너의 하나님 여호와의 이름을 망령되이 일컫지 말라. 나 여호와는 나의 이름을 망령되이 일컫는 자를 죄 없다 하지 아니하리라."(《출애굽기》 20장 7절) 이 말은 믿음이 없는 사람은 물론이고 믿음이 깊은 사람에게도 적용된다. 왜냐하면 믿음이 깊은 사람들은 곧잘 '하나님 나라의 일'로서 어떤 일을 한다고 주장하지만, 실제로는 세상의 칭찬과 명예, 생활의 유지와 이해관계 때문인 경우가 많다.

12월 29일

'이 세상과 그 다망함'에 대해 호소하는 것은 세상에서 가장 무익한 일이다.

12월 30일

분별력이 있고 또 경험이 많은 사람이라면, 자신의 행복을 경솔하게 망상 위에 두지 않는다. 오히려 반대로 그런 경험과 세상 사람들의 행복이 얼마나 불안한 것이며 공상적인 기초 위에 서 있는가를 날마다 가르쳐준다.

12월 31일

이제 오직 정의와 선을 섬기자. 그렇게 굳게 결심했다면(이것은 모든 '좋은 계획' 중에서도 가장 이성적인 것이다) 날과 달, 계절과 한 해, 아니 생애 마지막에 일어나는 대부분의 일들이 좋아지고, 달력은 소용없는 장식이 된다.

때라는 것은 주로 향락을 기대하고 활동은 기대하지 않는 사람에게만 가치와 의의가 있을 뿐이다. 아무쪼록 안심하라. 당신이 여태까지와는 다른 사람이 되고 싶다면, 틀림없이 어떤 시기가 올 것이다. 그때는 어떤 인간적 지혜나 교훈도 필요하지 않다. 왜냐하면 당신은 순화된 본성의 자연스러운 충동과 경향으로 온전히 혼자서, 언제나 바르고 선한 것만을 생각하고 또 행할 수 있기 때문이다.

그런 상태가 되면 하나님이 당신을 위해 스스로 섭리한 노고와 이미 목적을 달성한 당신의 삶에 대해 감사하라.

그럼 그날이 올 때까지 평안하라. 그리고 그렇게 될 수 있도록 용기를 가져라.

해설

《잠 못 이루는 밤을 위하여》는 성서의 구절을 수없이 인용하면서도 구구절절 보편적인 진리를 담고 있다. 이 진리는 작자가 자신의 삶을 통찰하여 얻은 것으로, 그것을 다시 성서의 구절을 통해서 나타내고 있다. 말하자면 작자의 주관적 사색에서 얻은 진리를 성서를 통해 객관적 진리로 승화시켰다고 할 수 있다.

물론 성서가 가장 뛰어난 진리의 책인 것은 틀림이 없으나, 그 진리의 세계가 너무나 심오하여 이해하기 어려운 것이 사실이다. 힐티는 그 어려운 성서의 내용에 통달했을 뿐 아니라, 모든 독자에게 성서의 세계를 쉽게 소개하고 이해시켜주는 일을 하고 있다.

인간의 불행과 죄악은 대개 무지에서 온다. 아니면 무지로부터 벗어나려는 노력의 부족, 판단의 착오 등에서 비롯된다. 이러한 무지나 착오를 근본적으로 고칠 수 있는 계기를 마련해주는 것이 이 책이라고 할 수 있다. 진리는 언제나 참신한 것이라고 힐티는 말한다. 따라서 성서의 진리는 그토록 오랜 세월이 지난 오늘날에도 풋사과처럼 신선하다. 왜냐하면 하나님은 시간과 공간의 제약을 받지 않는 절대적 존재이기 때문이다. 따라서 이 책은 몇천 년에 걸쳐 오로지 진리만을 담아온 성서의 말을, 오늘날의 복잡하고 변혁된 인간 사회에 재조명하고 있다. 또 현대를 살아가는 인류에게 직접적이고 근본적인 명제를 등불처럼 환히 밝혀준다.

금세기 들어서면서 인류의 생활과 문화, 사고방식 등은 급격한 변화를 맞았다. 몇천 년을 내려오던 모든 가치체계가 전도되고, 인간은 이제 기계, 기술, 금전의 노예로 타락해가고 있다. 이것은 인간의 정신세계에 내재했던 독창력의 상실을 의미한다. 이렇게 볼 때 오늘날의 발전은 분명히 잘못된 발전이라고 보아야 하며, 인간 본성의 상실이자 인간의 파멸을 예고한다고 볼 수 있다. 이러한 상황에서 인류가 자신을 올바르게 돌아보고 판단하여 진정한 삶의 행복을 누릴 수 있는 길은 무엇인가, 하는 것을 이 책은 제시해주고 있다.

《잠 못 이루는 밤을 위하여》는 형식 면에서도 색다른 방식을 취한다. 원래 이 책의 1부는 힐티가 살았을 때인 1901년에 간행되었지만, 2부는 사후인 1919년에야 유고의 형식으로 간행되었다. 그러나 1부와 2부가 똑같이 1월 1일에 시작하여 12월 31일에 끝난다(이 책은 1

부만 수록함). 하루에 한 편씩, 2년을 읽을 수 있는 분량이다. 하루 한 편씩 읽으며 넘쳐서도 안 되고 빠뜨려서도 안 된다는 뜻이다. 여기서 우리는 힐티의 규칙적인 교양 교육법을 터득할 수 있다. 그리하여 사고활동이 가장 활발한 한가하고 조용한 시간에 이 책을 한 편씩 읽어 마음의 양식으로 삼아야 한다는 뜻일 게다.

송영택

칼 힐티 연보

1833년	2월 28일, 스위스 장크트갈렌 주 베르덴베르크에서 의사인 아버지 울리히 힐티와 어머니 엘리자베스 킬리아스 사이에서 태어남.
1855년(22세)	괴팅겐대학과 하이델베르크대학에서 법학 전공. 변호사 자격 획득.
1856년(23세)	쿠르에서 변호사 개업. 이후 17년 동안 계속.
1857년(24세)	본대학 법학교수 구스타프 게르트너의 딸 요하나와 결혼.
1874년(41세)	베른대학 법학교수 취임. 스위스 혁명기와 왕정시대를 주로 연구.
1886년(53세)	《스위스 정치연감》 발행 시작. 죽을 때까지 계속 발행.
1890년(57세)	고향에서 하원 대의원 당선. 자유민주주의 정치 이념 구현.
1891년(58세)	《스위스 연방공화국 헌법》, 《행복론》 I 간행.
1896년(63세)	《독서와 연설》, 《행복론》 II 간행.
1897년(64세)	아내 요하나 사망. 《신경쇠약에 대하여》, 《백색의 노예 매매》 간행.

1898년(65세)   《예의에 대하여》간행.

1899년(66세)   《행복론》Ⅲ 간행.

1900년(67세)   《보어전쟁》간행.

1901년(68세)   《잠 못 이루는 밤을 위하여》Ⅰ 간행.

1902년(69세)   베른대학 총장 취임.

1903년(70세)   《서간집》간행.

1906년(73세)   《새 서간집》간행.

1907년(74세)   《병든 정신》간행.

1908년(75세)   《영원한 생명》간행.

1909년   《힘의 비밀》간행. 국제법 대가로서 국제중재재판소 스위
              스 위원으로 위촉. 10월 12일, 제네바 호반의 클라렌스에
              서 사망.

1910년   《그리스도의 복음》사후 출판.

1919년   《잠 못 이루는 밤을 위하여》Ⅱ 사후 출판.

옮긴이 **송영택**

서울대학교 문리대학 독문과를 졸업하고
서울대학교 강사로 재직했으며, 시인으로 활동하면서
한국문인협회 사무국장, 이사를 역임했다.
저서로는 시집《너와 나의 목숨을 위하여》가 있고,
번역서로는 괴테《젊은 베르테르의 슬픔》,
릴케《릴케 시집》,《말테의 수기》,《어느 시인의 고백》,
헤세《헤르만 헤세 시집》,《데미안》,《수레바퀴 아래서》,
레마르크《개선문》, 쇼펜하우어《삶과 죽음의 번뇌》등이 있다.

잠 못 이루는 밤을 위하여

지은이 칼 힐티
옮긴이 송영택
펴낸이 전준배
펴낸곳 (주)문예출판사
신고일 2004. 2. 12. 제 2013-000360호
       (1966. 12. 2. 제 1-134호)
주 소 서울특별시 마포구 월드컵북로 6길 30
전 화 393-5681   팩 스 393-5685
이메일 info@moonye.com
블로그 blog.naver.com/imoonye

제1판 1쇄 펴낸날 2015년 5월 30일

ISBN 978-89-310-0951-4 03850

이 도서의 국립중앙도서관 출판시도서목록(CIP)은
서지정보유통지원시스템 홈페이지(http://seoji.nl.go.kr)와
국가자료공동목록시스템(http://www.nl.go.kr/kolisnet)에서
이용하실 수 있습니다.(CIP제어번호 : CIP2015013817)